日本電影十大

鄭樹森・舒明 著

目次

第二部

十大名片

十大導演代表作

另十位導演代表作

遺珠篇

平成年代

第三部

名單及片目

舊情綿綿——日本老電影

李黎

對於一個從小到大看了幾十年電影的資深影迷，昔日的煩惱是錯過了電影院的公演就是永遠錯過了，期待若干時日後重映的機會比重逢訣別了的情人還渺茫。那分遺憾真是足以入詩的。待到影帶、影碟日益普及之後，這分詩意的遺憾從此不再；尤其許多經典名片用了高科技方法修復、製成DVD，網上訂購方便無比，如今已經很少有找不到的電影了。

可是有時回頭看一些變成經典的老電影，竟會有「走味」了的感覺，幾乎要懷疑自己記憶是否可靠了。不過我看日本的老電影就很少發生這種情況，反而常是看出更多的滋味來。前些時又把小津安二郎的《晚春》細看一回，一縷像鄉愁般遙遠而甜蜜的淡淡憂傷拂之不去——何以看日本老電影會讓我生起鄉愁，只有自己知道，也只有小津的電影做得到吧。

暫且擱下個人的心境和喜愛不談，日本老電影之迷人如陳年佳釀，而新片佳作在質與量上始終難以比得過老電影，其實跟日本電影業的盛衰歷史有關。從二次大戰後到整個六十年代是日本電影的全盛時期，今日所公認的經典名片幾乎全出自那二十多年；而影史上地位屹立不可動搖的大師們的頂尖作品也全出現在那段時光。其後就氣勢遞減，佳片寥寥可數了；而且奇怪的是這個現象跟經濟成長無關——甚至可以說是反其道而行：反而是日本成了經濟超強大國之後電影業變得乏善可陳了。也難怪影迷們總覺得日本電影是越老越可愛。

由於長年居住國外，有幸能夠趕上在電影院觀賞的日本影片自是寥寥無幾，而且在歐美看日本電影是跟隨西方人的選擇，此間的「藝術電影院」——也就是專放外國片和非美國主流電影的地方，選擇的日片多半是口味較為濃重的，以致黑澤明獨領風騷，小津難得幾個洋人知道。所以我看日本電影得靠自力更生，大多數是聞名已久之後找來ＤＶＤ補課的。

影迷們從前的苦惱是失諸交臂的遺憾，如今的煩惱卻是人生苦短時間有限，鋪天蓋地而來的各國各類型的名片老片新片，從何下手？無所適從之際，可能又形成另一種難以取捨的遺憾了——所以參照信得過的影評人的指點，是沙裡淘金的好方法。

所幸我十多年前就有了舒明的《日本電影風貌》（一九九五，台北聯合文學出版社），作為選看日本電影的參考和指南。舒明是香港影評人，日本電影專家；他在二〇〇七年還出了《平成年代的日本電影一九八九—二〇〇六》（香港三聯書店），我因為對日本新電影尚未涉及，所以還沒來得及讀。深感慶幸的是舒明又有一本關於日本電影的新書出版，這次是和鄭樹森合著的《日本電影十大》。鄭樹森是比較文學教授，他的《電影類型與類型電影》（二〇〇五，台北洪範書店）是一本足以作為電影文化教科書的著作；這樣的兩家聯袂點評日本電影史上的「十大」，其完整與精準自當不在話下。

鄭樹森和舒明在這本書裡採用了一個很「日本」的形式——對談（日本話叫「二人談」），來討論日本電影（限於劇情長片）的「十大」：十大導演（其實有二十名）和他們的代表性佳作；從導演的代表作推選十大名片，加上「另十位」和「遺珠」；以及《電影旬報》和《文藝春秋》在不同年代票選出的「十大」、「百大」等等排名榜，和導演片目、年度入選片目等等。這些完整的名單非常有助於選片時的查尋參考；最後一頁還有「延伸閱讀」書單，意猶未盡的影迷大可以繼續鑽研。

兩位作者一個是專攻日本電影的行家，一個是比較文學和文化現象的學者，對談擦出的火花既有英雄所見之同，也有彼此互補之處。他們參照日本多年來《電影旬報》、《文藝春秋》等刊物舉辦的大型票選而出的各種排名榜，同時也考慮到日本內部並不統一的意見，以及國際欣賞口味和看法的出入；加上兩人對重要的世界導演和電影作品都有足夠的認識，便可以從自己的「非日本觀點」和國際性的角度，再參照日本的排名來重作評估。兩人固然有很好的默契和共識，但到底是兩個頭腦而不是一個，所以對談討論便成了不同於一般影評的、極有特色的書寫方式。

特別有意思的是他們提出對「大師」的嚴格要求——以他們共同設定的標準，一位「大師」級的導演需要的條件是：一、鮮明的風格，二、圓熟的技巧，三、具有個人視野，四、創作持久；同時作品還要有五、豐富的產量和六、多元的題材。而大師的作品，也有「傑作」（masterpiece）、「佳作」（near masterpiece）以及「水準之作」的區分。我覺得這樣的要求值得推廣，不應僅限於電影，也可以用在其他的藝術領域裡；但願如此可以避免「大師」、「傑作」頭銜氾濫成災的現象。

書中最好看的部分當然是逐部討論大師的名作，同時兼及其他佳作，涵蓋了個人和作品承先啟後的歷史性；所以針對每一位的討論都可以當成獨立篇章來讀。鄭、舒兩位的談話方式令我想起美國一九七〇至九〇年代最受歡迎的影評節目——兩位資深影評人 Siskel and Ebert 在電視上對談評論新上演的電影；他們的對話就有這分「現場感」，讀起來很過癮。談到的片子，若是看過的可以在閱讀時心中默默加入他們的談論，沒看過的則可以考慮要不要找來看。

說了半天，他倆心目中的十大日本導演是誰？名單在此——

黑澤明。小津安二郎、溝口健二（並列第二名）。木下惠介、市川崑、成瀨巳喜男（並列第四）。今村昌平。小林正樹。山田洋次、新藤兼人（並列第九）。後面四位算是比較新的導演，雖然一九五〇、六〇年代就有作品，但代表作都是一九七〇年代後的了。（二〇〇〇年《電影旬報》選出的二十世紀日本導演排名榜，前四名黑澤明、小津、溝口、木下都與鄭舒的名單一致，第五到第十依次則是：成瀨巳喜男、山田洋次、市川崑、內田吐夢、大島渚、深作欣二。）他們還談到另十位及兩位「遺珠」，就把名單全面概括了。

然後是十大導演每個人的一部代表作。再經討論——有的早有一致的定論，有的還是略有爭論，從先前共同選出的「傑作」中挑出一部大師最有代表性的頂尖之作。按照前面的導演名單順序呼應，這十部電影是：《七武士》、《晚春》、《元祿忠臣藏》、《卡門還鄉》、《細雪》、《女人踏上樓梯時》、《日本昆蟲記》、《切腹》、《兒子》、《午後的遺書》。

限於每位導演必得選一部又僅只能選一部，我認為這樣形成的名單反並不能等同為「十大佳片」的首選。倒是書的最後一部分「名單及片目」，收入了不同的排名榜在不同年代票選出的導演「二十強」、「五十強」，和電影「百大」；其中《電影旬報》在一九九九年選出的「百大」的前十名，不受十大導演一人一片的限制，結果竟與鄭舒二家的名單大相逕庭；而小津的《晚春》竟連「百大」都未進入，也可看出日本文化界的大型票選結果與兩位中國影評人口味的出入。這十部高居「百大」榜首的影片是：《七武士》（黑澤明）、《浮雲》（成瀨巳喜男）、《飢餓海峽》（內田吐夢）、《東京物語》（小津安二郎）、《幕暮太陽傳》（川島雄三）、《羅生門》（黑澤明）、《赤色殺意》（今村昌平）、《無仁義之戰》系列（深作欣二）、《二十四隻眼睛》（木下惠介）、《雨月物語》（溝口健二）。

並無例外也毫不出人意外的，排在榜上前頭遙遙領先的還是那幾位已經走進歷史的名字，伴隨著他們那些部多半會召喚鄉愁的黑白片，和看到片名便升起綿綿舊情的老電影。那真是一個特別的年代：戰爭的創痛猶鉅傷痕猶新，經濟尚在掙扎起步，然而一個絢麗的電影時代開始了，那樣千般剛烈又萬般溫柔的光芒持續了四分之一個世紀，消逝之後偶現的閃爍光點只令人更加懷念那個永遠不再的銀幕上的年代。

面對這些名單這些片目，只覺影海茫茫，竟還有那麼多尚未看過的、時日久遠淡忘了需要重看的，以及看過但還想再看的電影……唉，影迷們甜蜜的苦惱啊！

緣起

長期的對話

鄭樹森

舒明是近三十年的老朋友。舒明在台北《聯合文學》月刊發表文章，專書《日本電影風貌》一九九五年由聯合文學出版社出版，都是我發的稿。從一九九九年起，我們有幸都在香港，持續不斷電話、傳真、電郵和當面交換意見。二〇〇二年秋，舒明為中國的《ＤＶＤ導刊》寫專欄，名為「日本映畫百年史」。承他不棄，經常收到文章的影印初稿，並趁沒有時差的方便，電話交流和回應。舒明以這個專欄為基礎，大量修訂補充後，《平成年代的日本電影一九八九—二〇〇六》在二〇〇七年由香港三聯書店推出，甚獲好評。近九年來，舒明經常提出各種排行榜來討論，尤其是日本《電影旬報》的各類票選名單，例如：「日本電影百大」、「日本電影十大」、「日本電影導演五十強」等。我們經常討論這類排名。在評估的過程中，也得出一些看法。我們發現日本方面的意見不常統一，而日本人的品味也與我們所理解的國際看法有出入。

日本電影十大導演及排行

從這些排行榜來看，的確可運用一個相對性、世界性的觀點，重新整理一下。我們二人對重要的世界電影導演、電影作品以及電影運動都有認識，因此可以從二人的非日本觀點，以比較全球的角度，同時參照日本歷來的排名，評估日本電影的十大，甚或重新排名。這樣做是希望跳出僅以日本為中心的看法，一窺日本和世界之間的異同。

歷來這類評估活動，不免主觀，我倆也不例外。然而，我們仍然決定做這次對談，主要基於兩點：

第一，我倆多年來的對話，早已凝聚共識，不妨作一次正式全面的交談。

第二，重新整理這些排名，對大多數的影迷讀者，可能亦有幫助。進入二十一世紀，電影可說是「太多」了。今天我們可以重溫不少世界名片，新舊蝟聚，有時卻反而幸福得無從下手，不知道如何選擇才好。舒明是日本電影的大行家，通過是次的整理過程，或可根據日本這些「排名」的名單，作一簡單的篩選，日後大家在選片上更容易，不至於沒有參考的基礎和指南。再者，即或我們的對談不夠理想，書後的附表相信也不無參考價值。

復刻和DVD

在多年的討論中，最大得益是發現自一九九〇年代末期以來，大量日本電影經過復刻，並因而舉行過多次的回顧展，以ＤＶＤ發行。很多名家的電影全集均已推出銷售。過去日本國內的評估，因為投票人沒有機會再三重看「原片」，票選結果不免有些偏差。隨著大量DVD出現和復刻後的放映，重估、重評以致重新排名都是必要的。從前《電影旬報》的排名，是建基於不能重看名片的原有認知上。換言之，我們現在所看到的排名表，其實在認知上出現了「重複性繼承」的現象；本身反映出來的，只是約定俗成的看法。不少電影和導演，可能都只是以極少的票數來評估，其中一個原因是投票人無法看到「原片」，沒有足夠的評估材料。

材料的確非常重要。所有的文學史、藝術史、電影史等，必須根據原有的材料才可下筆撰寫，沒有材料的話，只能從闕，存而不論，或從舊說。近年來電影的材料大量出現，特別是復刻後的作品，幾乎是原來的面貌。加上日本戰後至今，電影的累積量已不可同日而語。這種情形，正像文學史的重估一樣，我們終於可以從材料出發，爬梳整理，形成重新排列「十大電影」和「十大導演」的可能。

日本文評的特色

最後是關於「對談」的方式。舒明曾提醒我，日本素有「二人談」（對談）、「三人談」（鼎談）以至「四人談」（四方談）的傳統。「對談」及「三人談」均可激發火花，不同意見可並存參考，逐步凝聚共識。日本著名旅美學者三好將夫（Masao Miyoshi）在其名著《中心之外》（*Off Center*），特別強調「對談」是日本文藝論評的特色。該書每一章都是分析日本文學的一個特色（uniqueness），強調日本文學在個別層面上，不能以西方觀點和傳統來詮釋，例如文類便是，因而書名也故意稱為「中心之外」。據此，我們決定就用這種日本特色的對談方式，表達我們對日本十大電影、導演的看法。舒明可有什麼地方需要補充？

舒明

我想補充兩點：

第一，我們兩人觀看的日本電影，多限於劇情長片。日本紀錄片也有很多優秀的作品，但能看到的機會不多，而日本也以劇情長片為主流。此外，日本近十年的動畫也非常出色，在美國引起很大震撼，極受歡迎，網路上有不少關於日本動畫的討論，我們在這方面認識不多，而動畫同樣不算主流。因此這次對談不會涉及「紀錄片」與「動畫」。

第二，我們還可以注意三項事實：首先，近十一、二年，香港除了可找到大量ＤＶＤ版的日本電影之外，香港國際電影節和香港的政府部門康樂及文化事務署也舉辦過不少日本電影的回顧展，讓我們有機會看到不少日本名片。小津安二郎、木下惠介兩位都是松竹公司的巨匠，香港於二〇〇三年和二〇〇五年都舉辦過他們的大型回顧展，我們幾乎可以看到他們的全部作品；另於二〇〇四年亦舉辦過清水宏的回顧展，這位導演更加少人認識，然而凡看過他的作品的，都覺得值得鉤沉。近十多年，規模較小的溝口健二、鈴木清順、今村昌平和增村保造回顧展亦曾出現。其次，香港的商業影院，每年都會發行一定數量的日本電影，例如今村昌平晚年的幾部電影，均可在香港看到。最後，不同版本的ＤＶＤ發行，為我們提供絕佳的機會，得以欣賞風聞已久的日本優秀電影。我相信，假如沒有ＤＶＤ的話，即使身在日本，能重看這些名片的機會也不多。而且在數量上，現在ＤＶＤ版本已超過早年出現的video版，拷貝除經復刻外，部分更附有英文或中文字幕，加上導演訪問、幕後製作概況和專家評論音軌等花絮，對於研究日本電影，幫助甚大。這促使我們兩人可用較為全面的觀點，重評日本十大導演和電影。

十大導演

日本十大電影導演的選擇及排行榜●大師的標準

大師的數量●大師的名作

1

壹

日本十大電影導演的選擇及排行榜

1 一九九五年《電影旬報》「日本映畫All Times Best Ten」排行榜

鄭樹森

本節主要討論兩方面。其一，在《電影旬報》眾多排名表中，選最有代表性的來討論，以見其特殊之處；其二，討論排名表上出人意表的選擇。

我們首先討論的第一個表「日本電影導演五十強」，是一九九五年《電影旬報》為「映畫誕生一百年紀念」而做的票選結果，刊於十一月十三日出版的《電影旬報》臨時增刊第一一七六期，名為「日本映畫All Times Best Ten」特別號的第一百五十四頁。第一至三位是大家耳熟能詳的名導演：小津安二郎、黑澤明和溝口健二。較意外的是大島渚排第四名，和成瀨巳喜男並列。第六位是市川崑，第七名是較陌生的川島雄三，第八名是戰前名匠內田吐夢。然後是山中貞雄、木下惠介和岡本喜八、鈴木清順並列第九位，頗令人訝異。接著是第十三名的深作欣二和第十四名的神代辰巳。岡本喜八、鈴木清順、深作欣二和神代辰巳四位的作品較粗糙，岡本喜八的作品無論在形式上或內容獨特性上，難言有甚麼貢

舒明

獻。鈴木清順則是小眾崇拜的對象（cult figure）。反而小林正樹排得很後，近榜尾位置，與五社英雄、寺山修司十八人並列第四十五位。

此表可視為一九九五年的排行總結。其代表性的確令人懷疑，主要是投票的人不多。例如：小林正樹只得二票，排第四十五位。本來是演員的勝新太郎，只導演了三部影片，竟也得二票，與小林正樹並列，令人吃驚。

你剛才提及的大島渚取得二十一票，只比溝口健二少兩票。岡本喜八是商業導演，雖拍過出色的電影，但無論如何也不可能入十大。

另外，得八票排在第十五位的，除了加藤泰外，還有三位：增村保造、山田洋次和伊藤大輔。留學義大利的增村保造曾擔任市川崑的助導，有不少優秀的電影作品，名次在十幾至二十名之間也屬合理。山田洋次受日本人推崇，尤其近年拍了幾部古裝武士片，非常出色，故後來的排名肯定會比第十五名為高。伊藤大輔是戰前默片大師級的代表，地位崇高，現在很難有機會看到他的片子。我想，在電影史上，凡是早期的名家都較為吃虧，尤其在默片時代的那些。年輕一輩的評論家，根本上對他們全無認識。伊藤大輔竟得八票，反映其實力相當高。整體而言，此表可用來做第一參考。

其後還有一表，顯示二〇〇〇年《電影旬報》的另一次排名。這次共有一百零四人投票，各導演得票比一九九五年的那一次都要多，故這個排名榜或更具代表性。

2 二〇〇〇年《電影旬報》「二十世紀日本導演」票選結果

鄭樹森

二〇〇〇年十一月十五日《電影旬報》第一三二〇期第十六頁，發表了名為「二十世紀日本導演」的排名榜，是一百零四位來自文化界及電影界代表的投票結果，還有另一榜是總結一千五百位讀者的投票，但我們不會討論後者。

在這次二十世紀末的票選中，首三名都是我們熟悉的導演，名次稍有變化：第一名是黑澤明，第二及第三位分別是小津安二郎和溝口健二，而黑澤明的票數明顯超前，比小津多二十票，小津又比溝口多二十四票。

這個排名表令人意外的地方包括：一、山田洋次的名次大幅躍升至第六位；二、大島渚仍然位階甚高，排第七位；三、與大島渚並列的有深作欣二，個人認為深作的作品特色不太多，略為粗糙；四、一九一八年出生的川島雄三地位稍降，仍緊守第十一位。還有牧野雅廣排在第十二位等，都頗為意外。

舒明

牧野雅廣（一九〇八－一九九三）是日本映畫之父牧野省三（一八七八－一九二九）的兒子，原名正博，曾改名為雅弘。他曾於一九五一及一九五七年，兩次重拍自己早年的名作《浪人街》三部曲（一九二八－一九二九）。

3

一九二六—二〇〇六年《電影旬報》十大電影入選導演二十強

鄭樹森

現在讓我們看看第三個表：「一九二六—二〇〇六年《電影旬報》十大電影入選導演二十強」，這個表是舒明根據《電影旬報》每年十大電影導演的入選次數而統計出來的首二十人名單。這份名單排名第一的是黑澤明、第二是小津安二郎，然後第四位是木下惠介，非常合理。出人意表的結果可能有三：一、今井正排在第三名；二、從一九二六至二〇〇六的八十年間，山田洋次可以排在十名的中間位置，位列第五，比溝口健二（第九位）和成瀨巳喜男（第十位）還要高；三、山本薩夫屬四平八穩的名匠，但其電影從形式到內容沒甚特色，仍排在第七，與山田洋次可謂不相伯仲。

今天回顧，今井正戰後相當具名氣。他有強烈的左翼批判思想、社會意識，甚至企圖用電影介入社會，改變群眾。今井正這種比較能反映戰後日本思想界路線的電影，尤其對日本文化界而言，在當年是比較得到支持的。其歷史地位造成他名列高位，猶可理解，只是現在重新評估，他的確實位置容待討論。由此看來，山田洋次和山本薩夫是兩個最令人意外的結果。

在第十三位之後的排名，我覺得比較合理的是大島渚回到較後位置，不過，似乎他又不應該排在深作欣二之後。大島渚當時極度前衛的面貌，恐怕在他出現的時刻，要比深作欣二更高。排名第十六位的豐田四郎不是有才氣的導演，而第十四位以後的眾導演分量較輕。

舒明

關於這個總結八十年來入選《電影旬報》的十大導演而得出的「總分」，我要先說明兩點：

首先，排名是根據各導演所得的總分而來。總分的計算方法是參考《電影旬報》的統計方法。換言之，假如一部影片當時選了十大中的第一名，得十分，第二名有九分，如此類推，第十名得一分。我以各導演所得的總分數決定排名的先後。

其次，總分以外有兩欄：「入選次數」和「榜首次數」。「入選次數」指該導演有多少部作品曾入選十大，例如：黑澤明一共只拍了三十部電影，曾入選十大的作品卻多達二十五部。從這個統計結果來看，也可推翻某一種不正確的論調。因為有一種理論認為，黑澤明是在《羅生門》之後由歐洲捧紅的，其實日本人並不怎麼欣賞他。以現在的統計結果來看，基本上可以推翻這個說法。假如日本人不欣賞黑澤明的話，為何在他三十部作品中，竟有二十五部可入選十大？每年有二百到三百多部電影上映，能入選十大並不容易。如果再參考《電影旬報》刊出的年度十大賣座電影資料，發現從一九五四年到一九八五年，黑澤明所完成的十四部影片中，竟有九部入選賣座十大。其中《椿三十郎》、《天國與地獄》、《赤鬍子》和《影武者》都高踞榜首，《蜘蛛巢城》排名第二，《七武士》與《亂》皆排名第三，而《用心棒》與《隱寨三惡人》亦分列第四及第五，充分證明他的影片的確大受觀眾歡迎。

鄭樹森

容我在這裡先插上幾句話。我覺得這一點在你這次所做的統計裡，非常具啟發性。你剛才提及的理論，無論在國外還是日本島內、書面著作或口頭討論，均廣為流傳。我聽過不少日本學者指黑澤明是「西方人的日本導演」，甚至在我參與過的博士論文指導裡，也有同類的看法。我們在九十年代初仍接受這個說法，現今在西方的英文著作裡，同樣有這個觀點。日本甚至有一批為數相當多的評論者，依舊堅持這種看法，並提出小津安二郎或溝口健二，證明黑澤明只是洋人建構出來的特別喜好，非關日本真正口味。這個表加上舒明的特別說明，可見這種說法站不住腳，實在很有意思。

舒明

至於「榜首次數」一欄，統計了該導演一共有多少次入選十大的第一，即是《電影旬報》所指的「Best One」。以小津安二郎為例，他曾得六次「十大」第一，其中四次都是戰前的。今井正為什麼得分如此高？因為他在五十年代紅極一時，曾經五次入榜首，另有一次得第二，已得五十九分，加上有二十二部片曾入選十大，自然佔優勢。木下惠介和山田洋次基於相似的情況，分別排在第五和第六位。反而溝口健二較吃虧，因為他的電影共九十二部，但其中很多是默片，出品年份較早，因此他總計只有十八部入選十大，位居榜首的只有一次。小林正樹的作品雖然不多，約有二十二部，但他有十一次入選十大，因此這次的排名比較高，可算還其公道。

稍後我們討論各導演的傑作時，或會遇到一些計算上的問題。在我們手上的導演年表中，有些作品或可計算為兩部，例如：溝口健二《元祿忠臣藏》的前篇及後篇。但以傑作而論，究竟應該當作一部還是兩部？小林正樹《人間的條件》一般視為三部電影，又應如何處理？

鄭樹森

這個問題留待第四節才討論。以上前後討論過的三個表，均附在第三部分，給讀者做重要的參考資料。《電影旬報》在一九七九和一九八九年都做過百部電影選舉，不過因為那些選舉的年代太早，故不擬討論和列出。反而值得介紹的，是《文藝春秋》在一九八九年類似的電影選舉的結果，因為該刊是日本非常有影響力的文化刊物。

黑澤明的《隱寨三惡人》

4 《文藝春秋》的「日本電影一百五十部」

舒明

《文藝春秋》辦的是「一百五十部最佳日本電影」選舉，亦包括選導演、男演員、女演員，其中導演有前二十名的總結。

鄭樹森

《文藝春秋》的選舉結果則沒有什麼意外。前三名仍然是黑澤明、小津、溝口，第四是木下惠介。市川崑、今井正、今村昌平分別是第六至第八位。從日本國外的觀點來看，山田洋次得第五，總得分仍相當高。鈴木清順排第九，不只比川島雄三和山中貞雄排名較前，更比成瀨巳喜男高，頗令人意外。排在較末的是商業導演，除了排第二十的宮崎駿外，加藤泰等商業味均較重。大體而言，由第一位到第十二位，真正出人意表的是鈴木清順，山田洋次則只能說是日本人的特殊品味。

舒明

這個結果是一九八九年選出來的，我想補充三點：

首先，以我到日本參加東京國際影展的觀感和所讀到的日本評論來說，在八十年代中，基本上不少人都認為山田洋次是日本首屈一指的導演。為什麼呢？因為電影是工業、商業，不一定只是藝術創作。山田洋次本人也很清楚，他拍的「寅次郎」（或譯「男人之苦」）系列並非藝術電影，但大受歡迎，票房紀錄非常高，也有不少作品經常選入十大。另外，他有一系列藝術性較高的電影，包括《家族》（一九七〇）、《故鄉》（一九七二）及《幸福黃手絹》（一九七七）等。近二十年他在日本的聲望非常高，所以，對於山田洋次的排名，我並不覺得意外。當然，他的電影在國際上從未得過甚麼大獎，所以在外國的聲望較低。

此外，我想一提的是，此表距今二十年，當時較年輕的導演，能入選十大的幾乎沒有可能，故應特別留意森田芳光，因為他是生於一九五〇年的。在戰後出生的年輕導演裡，他是當時日本評論界最看好的一位。

第三點是關於成瀨巳喜男的。從三個表來看，他的排名都是偏低的，並不在前五名之內。唯近年成瀨在歐美卻大受激賞，甚至有人認為成瀨的電影可以與小津安二郎匹敵，甚或比小津的成就更高。不少亞洲導演和影評人也是成瀨的擁躉，例如剛去世的楊德昌，曾特別推舉《浮雲》（一九五五）。究竟成瀨在日本是否給低估了？這是很有趣的問題。

鄭樹森　成瀨的現象稍後再討論，現在先說森田芳光。一九八九年舉行這次票選時，大家對當時冒現的新星印象較深，對他們也有所寄託。不單森田芳光，我相信宮崎駿出現在表裡，也是基於相同的道理。投票者要在眾多導演裡作一選擇，有時候會對某一導演寄予厚望，以該導演未來發展是否有潛質，以為入選與否的標準。

舒明　這個排名表的其中一個好處，就是列出入選導演的作品。當時森田芳光主要的作品有《家族遊戲》（一九八三），後來還拍了改編自夏目漱石的《其後》（一九八五），這兩部電影都屬於「十大」的榜首電影。宮崎駿則有《風之谷》（一九八四）和《龍貓》（一九八八），同樣名重一時，兩人的冒起可說很有理由。關鍵反而是兩人在以後的十多年創作裡，是否仍能維持水準？

鄭樹森　當年大家對森田芳光的確有所期待，可惜他後勁不繼，宮崎駿反而凌厲得多。現在我們仍討論近二十年前《文藝春秋》的排名，主要是基於《文藝春秋》的影響力大。

舒明　《文藝春秋》的代表性比《電影旬報》大。正如你提到，《電影旬報》另有一表是讀者投選導演，這部分似乎想拓闊投票者的基礎。不過，假如我們把「讀者投票」和「評論文化人」的選舉結果並列來看，就會發現兩部分的結果差不多。換言之，訂閱《電影旬報》的讀者，其品味可能很接近該報的評論家標準，並不能真正拓闊票源。反觀《文藝春秋》的選票基礎闊一些，包括文化界、出版界、作家等，人數多至三百七十人，參考價值甚高。

鄭樹森　至於成瀨和其他導演排名的意見，我們在第四節會詳細說明。

貳

大師的標準

1 特別之處

鄭樹森

以下部分是我們對於日本電影「大師名作」的看法，嘗試在舒明編訂的八十年來《電影旬報》十大導演排名表的基礎上，再加上我倆不免主觀的認知，列出「十大觀賞名單」。在未進入這一部分之前，首先要解決的是，假如十大導演可稱為「大師」，那究竟甚麼是「大師」的標準？「大師」要有哪些基本的要素？多年以來，我們經常讀到不少「十大」電影名單，而每年都有新的電影入選這些統計表，導演排名或升或降，浮沉不定，故我們一直都有討論這個問題。長期討論之後的共識，我們認為「大師」的標準，約有四個元素：

第一，風格鮮明；

第二，技巧圓熟；

第三，個人視野；

第四，創作持久。

此外，還有兩項可配合參考的：

（A）產量豐富

（B）題材多元

關於「配合參考」兩項，或可略為補充一下。

我記得舒明在對談前曾提出過，「創作持久」會否引申出「產量豐富」、作品「後續」的問題？換言之，大師是否需要有相當產量的作品？產量多少才合理？假如一位導演「創作持久」而產量很少，一生只有一兩部作品的話，又該如何評價呢？我認為，持久而量少，恐怕未必能把該導演列為「十大」名家。電影史上的確有創作持久而量少的，例如美國導演泰倫斯．馬力克（Terrence Malick），他近三十年來，差不多每隔一段時間，都會拍一部電影，但總量極少，迄今只有四部。這個情況之下，他每一部雖有獨特之處，創作也持久，唯產量不豐富，只符合我們所列的前三個條件。假如一位導演的產量只得三四部的話，除非他每一部都是傑作，否則貿然稱之為「大師」，容易引起疑問。

另外，大師的其中一個元素是要有「個人視野」。從西方「作者論」的觀點來看，個人視野有延續性、貫徹性，的確可能是「加分」的重點，但有些導演，他所有作品所呈現的，都只是單一視野或一個題材，那又該如何處理？這類導演是否僅能在十大中列作參考，不能稱為「大師」？至於題材多元是否需要考慮？倘若同一導演，其作品題材不斷重複，主題和題材兩方面都非常集中，有時的確處於較為「弱勢」的位置。簡言之，雖然我們一直都不能確定「產量豐富」和「題材多元」是否為大師的「必須」元素，但這兩項無疑是相當重要的。因此，我們認為上述所提的前四點都是「十大」的標準。至於（A）產量豐富和（B）題材多元這兩點，則可歸入「配合參考」之列。

2

出人意表之選擇

舒明

一般來說，「產量」和「題材」都足以影響該作者是否配得上「大師」之名，但在這裡我還想舉兩個例子：第一，在產量豐富方面，西班牙有一位導演叫Victor Erice，作品很少，只有三四部，但題材各異，評價極高，在西方屬大師級的導演。第二，題材多元方面，在文學領域上，珍・奧絲汀（Jane Austen）共寫了六部小說，都是同一題材，似乎並沒因而動搖她的地位。以上兩例都是較特殊的。你的意見如何？

鄭樹森

產量豐富仍然是有需要的。你剛才提及的西班牙導演Victor Erice作品很少，迄今只有三部長片，每一部均極受好評，其中有一部電影還不斷選入「世界電影一百強」，然而我始終不認為這類導演是「大師」，主要是影響力不夠。這一類「作品甚有特色、但產量甚少」的導演，我會歸入「名家」級而非「大師」級，其電影是「名作」而非「傑作」。整體來說，這類導演可視為在電影上有個別特殊的表現。

至於題材多元，正如剛才你所說的，珍・奧絲汀所寫的只是一個非常細微的世界。其他如美國小說家亨利．詹姆斯（Henry James），他所有的小說都是寫美國人進入舊歐洲大陸所面對的誘惑、以致最後的沉淪等，他的代表作均只有一個主題，題材亦大同小異。二十世紀美國的文學家還有威廉．福克納（William Faulkner），以南方的敗亡、沒落為題材，經之營之，以後也沒有甚麼大變化。題材不夠多元也無損這幾位的「大師」地位，他們都屬於文學上的反例。

就日本導演而言，我們以往也多次討論到成瀨巳喜男。成瀨是一個主題非常集中的導演，題材也談不上「多元」，唯至今並沒影響他的地位，正如你剛才所說，甚至有不少人認為成瀨比小津的地位更高。從文學、電影等特殊例子來看，「題材多元」是可以參考的標準，但未必是一個絕對標準。

舒明

成瀨巳喜男在一九〇五年出生，與小津同輩。在默片時代，由電影公司分配他們拍不同題材的電影，因此，成瀨拍過喜劇、通俗劇、勞動大眾和普羅文學等題材的電影。整體而言，他的題材也不是太單一。不過，正如小津早期雖然拍過不少喜劇，但在外國享有盛名的，都是一九五〇年以後開拍的電影。成瀨創作的復興，始自戰後所拍的《銀座化妝》（一九五一），講述由田中絹代飾演的女主角，為了謀生而出賣色相。成瀨電影最出色的，就是這類表達女性困境的主題。就小津而言，大家一般所認識的小津，也是「晚年」的小津，題材多跟父女、母女有關，表達因為「出嫁」、兒女成長、父母老去等而引申出來的寂寞。從成瀨和小津的代表作來看，他們電影的題材，都是頗為一貫的。

鄭樹森

考慮過這些特例後，我們對於「大師」的標準，仍以第一至四項為指標，再加上最後（A）、（B）兩項的附屬條件配合，相信可為讀者提出一個較具體的參照。

參

大師的數量

舒明

在產量豐富上，假如是電影大師、又有資格入選十大的話，他究竟要有多少部「傑作」（masterpieces）才稱得上是「大師」？還有，「傑作」是我們最高的標準，除此之外，是否有「near masterpieces」的作品？

鄭樹森

一位導演若一生只得一、兩部「傑作」，似乎近「名家」多於「大師」。為了在「質」與「量」兩方面互相平衡，「大師」還是需要有一定的作品數量，否則很難言「質素」，因此或可在這裡提出一個略為「量化」的標準。就我們長期討論所得，基本上需要五部「傑作」，才可堪稱「大師」。

在中文翻譯上，「masterpieces」可用「傑作」來稱呼，至於迫近「傑作」的「near masterpieces」，中文可稱為「佳作」。有些導演有不少佳作，但只有兩三部傑作，例如增村保造、熊井啟、篠田正浩和森田芳光。為了方便討論，在「傑作」與「佳作」兩類之外，如有需要，第三類可稱為「水準」之作品。

肆

大師的名作

EQUINOX FLOWE
A FILM BY YASUJIRO
生きる
Late Spring
晩春
天国と地獄
Winner Of The Grand Prize 1951 Venice Film Festival
ACCLAIMED THE BEST PICTURE OF THE YEAR FROM ANY COUNTRY
Tragedy of Japan
日本の悲劇
秋刀魚の味
An Actor's Revenge
Kon Ichikawa
男はつらいよ
AKIRA KUROSAWA DVD COLLECTION
どですかでん
RASHO-MON
INTERNATIONAL COLLECTION
Fires On The Plain
おとうと
kon ichikawa
STARRING Tatsuya Nakadai
MASAKI KOBAYASHI'S
HARAKIRI
NAGISA OSHIMA
乱れ雲
望郷
UN RETRATO EXCEPCIONAL DE UN GUERRERO SAMURAI
隠し剣 鬼の爪
THE HIDDEN BLADE
"FIRST PRIZE" WINNER— LOCARNO FILM FESTIVAL "A MASTERPIECE..."
FIRES ON THE PLAIN
105 MIN.
NTSC
TOHO VIDEO
最強。
ビートたけし
座頭市
黄昏清兵衛
真田廣之
宮沢りえ
山田洋次 作品
A YOJI YAMADA FILM
12 Japanese Film Academy Awards
THE TWILIGHT SAMURAI
SHV BEST SELECTION
切腹
怪談
原作・監督＝山田洋次

用心棒
黒沢明監督作品
羅生門
AN AUTUMN AFTERNOON
PG
Mild themes
SHOCHIKU
MADMAN
THE THRONE OF BLOOD
THE BURMESE HARP
KON ICHIKAWA
AKIRA KUROSAWA'S STRAY DOG
野良犬
CARMEN Revient au Pays
mk2
keisuke kinoshita
七人の侍
隠し砦の三悪人
KEISUKE KINOSHITA
LA BALLADE DE NARAYAMA
裸の島
二十四の瞳
鍵
男はつらいよ
私の寅さん
東京物語
彼岸花
浪華悲歌
白い巨塔
NARAYAMA
息子
TOKYO OLYMPIAD 1964
東京オリンピック
TOKYO OLYMPIAD
西鶴一代女
溝口健二
The Masters of Cinema Series
Vengeance is Mine
にっぽん昆虫記
晩菊
宮本武蔵
DR. AKAGI
SHOHEI IMAMURA
"AN UNEXPECTED..."
TOEI VIDEO
長門裕之／吉村実子
監督／今村昌平
豚と軍艦
ばんざい!
儀式
THE CEREMONY
怪談
KWAIDAN
瀬戸内少年野球団

1

黑澤 明

くろさわ あきら

一九一〇—一九九八

1910年　生於東京，父親曾為職業軍人，排行第七。
1928年　中學畢業時，興趣是繪畫與文學；哥哥於默片時代電影院擔任講評人職務，讓黑澤明大量接觸電影。
1936年　加入日本東寶公司當副導演，同時擔任編劇。
1943年　初次執導電影《姿三四郎》。
1945年　與日本女演員矢口陽子結婚。同年年底，長子久雄誕生，成長後曾任父親最後四部電影之製片。
1951年　《羅生門》獲威尼斯影展金獅獎，日本電影自此備受國際矚目。
1971年　據山本周五郎的小說《沒有季節的小墟》改編的電影票房欠佳，企圖自殺。
1976年　《德爾蘇．烏扎拉》獲莫斯科國際電影節大獎、奧斯卡金像獎最佳外語片等國際獎項。
1978年　執筆寫自傳《蝦蟆的油》。
1985年　獲日本文化勳章及美國洛杉磯影評人協會終身成就獎。
1990年　獲奧斯卡終身成就獎。
1998年　獲日本每日映畫賞終身成就獎，八十八歲時逝於東京，榮獲國民榮譽獎。
1999年　以《一代鮮師》獲芝加哥影評人協會最佳外語片獎、藍絲帶賞終身成就獎。

Kurosawa Akira

鄭樹森

按照舒明編訂的「一九二六－二〇〇六年《電影旬報》十大電影入選導演二十強」所得，排名第一的是黑澤明。他入選次數是二十五次，榜首次數是三次，總分一百七十九。

舒明

黑澤明一九一〇年三月二十三日出生，一九九八年九月六日去世。他第一部作品是一九四三年的《姿三四郎》，最後一部是一九九三年的《一代鮮師》（香港譯名《裊裊夕陽情》），一生共有電影三十部，其中二十五部入選十大。由於戰爭關係，《電影旬報》於一九四三－一九四五年沒選十大，但從一九四六年起，黑澤明所拍的電影，除了《白癡》沒入選外，全部都入選十大。《姿三四郎》有續集，現在有些《姿三四郎》的ＤＶＤ也是上下兩集的雙碟版，這部電影後來也被其他導演重新拍攝。你認為《姿三四郎》是否可列為傑作？

鄭樹森

對我來說，黑澤明的傑作應該由一九四九年《野良犬》（香港譯名《追踪記》）開始。

舒明

但一九四九年前，一九四六年拍的《我對青春無悔》，已經相當突出。

《野良犬》1949

新東寶／製作
黑澤明、菊島隆三／腳本
三船敏郎、志村喬、木村功、
山本禮三郎、淡路惠子、
千石規子、三好榮子、千秋實／演員
122分／黑白

鄭樹森

《我對青春無悔》無疑是很重要的電影，此片處理非常左翼的進步思想，同時也反映戰後日本社會的大思潮。我推薦過很多朋友看《我對青春無悔》的影帶或DVD，其中包括陳映真先生和電影界的朋友，他們看後均甚為驚訝，沒想到黑澤明竟然拍過如此左翼的電影，但我不認為這部片子是黑澤明的代表作。假如在一九五〇年《羅生門》之前要為黑澤明選傑作的話，我還是認為祇有《野良犬》。

《羅生門》令黑澤明登上國際影壇，聲名大噪，討論過此片的人太多了，片中多重視點的手法、強調事實沒有真相等內容，不但已廣為人知，「羅生門」甚至成為一般人日常生活中的「口頭禪」，但凡一件事情有多個版本，均稱作「羅生門」，我們不必在此為《羅生門》多費唇舌。在《羅生門》之前，一九四九年的《野良犬》是黑澤明較成熟的作品。《野良犬》是部傑作，風格寫實，近乎同一時期的義大利「新寫實主義」，而在情節推動上，由三船敏郎上演的警探失槍記，與二戰後好萊塢的偵探片代表作比較，《野良犬》可謂有過之而無不及。片中一老一嫩的警探組合，令人想起好萊塢數十年的警探片程式（formula）。

《羅生門》1950

大映／製作
黑澤明、橋本忍／腳本
三船敏郎、京町子、志村喬、
森雅之、千秋實、上田吉二郎、
加東大介、本間文子／演員
88分／黑白

Kurosawa Akira

くろさわ あきら

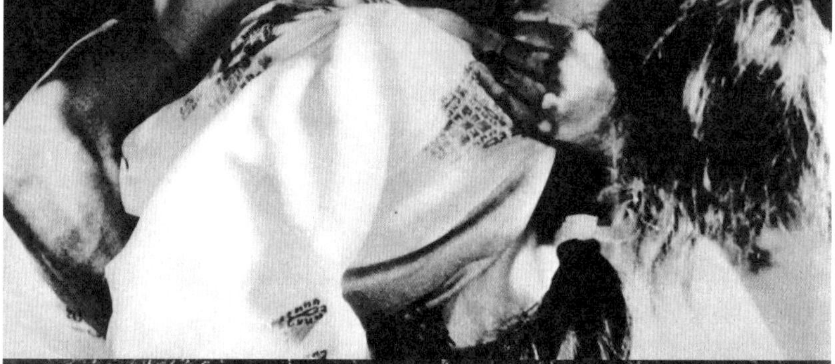

⊛《羅生門》

⊛《蜘蛛巣城》

在《羅生門》之後，黑澤明的傑作首推一九五四年的《七武士》。全片人物多彩多姿，劇情蜿蜒有致，動作場面至今仍令人震懾，劇終（二百多分鐘）餘音繞樑。《七武士》出現後半世紀，仍是獨一無二，可說後無來者；而在《七武士》之前的武士片、劍道片，不能說對黑澤明全無滋潤，但也無一能及。（二〇〇六年美國Criterion的「三碟一書」《七武士》DVD，收入一部全新紀錄片，談武士道及《七武士》之前的武士片，可以參考。）

另外，一九五七年改編自莎士比亞（William Shakespeare）《馬克白》（*Macbeth*）的《蜘蛛巢城》也非常成功，絕不下於奧遜·威爾斯（Orson Welles）一九四八年以影像見稱的改編，而比一九七一年羅曼·波蘭斯基（Roman Polanski）的演繹更勝一籌。

《赤鬍子》（一九六五）亦是傑作之選，此片的人道主義全賴劇情推展，十分自然，否則像這類訊息強烈的電影，很容易流於說教。《赤鬍子》劇情豐富，情節熱鬧，可觀性極高。我記得已故台灣小說大家王禎和當年看過此片十多次，十分推崇。大概我心目中的傑作，也不免來自對該片的熟悉度。

《赤鬍子》1965

東寶／製作
井手雅人、小國英雄、菊島隆三、黑澤明／腳本
三船敏郎、加山雄三、山崎努、團令子、香川京子、桑野美雪、二木輝美、頭師佳孝、土屋嘉男、志村喬、笠智衆、田中絹代／演員
185分／黑白

くろさわ あきら

舒明

至於在《赤鬍子》之前的《用心棒》（或譯《大鏢客》，一九六一）和《椿三十郎》（或譯《大劍客》，香港譯名《穿心劍》，一九六二），現在則有一個頗為通行的論點，認為這兩部戲是黑澤明較為「討喜」觀眾、能令觀眾接受的電影。但我覺得《用心棒》在形式上頗有獨到之處，因此值得進入傑作之選。此片後來由義大利導演沙治奧·李昂尼（Sergio Leone）重拍，成為「義大利式西部片」。

《用心棒》其實可視為《七武士》的另一種延續，或是具體而微的另類版本。片子一開頭那個獨步日本電影史的「狗喫人」鏡頭，已點出「天地不仁以萬物為芻狗」的共通母題（motif）；而兩部片子都是以流浪武士路見不平發悲憫心來開展。但《用心棒》祇有一位主角，故《七武士》中好幾個特徵都要凝聚一身，武功強不在話下，計謀也高，還要帶點「丑角」的味道，適時來些「喜劇式調劑」（comic relief）。黑澤明拍攝此片無甚特別自我期許而造成的壓力，不比改編那些心愛的杜斯妥也夫斯基（Fyodor Dostoyevsky）傑作，也許正因如此，全片給人渾灑自如的感覺；影像緊湊流暢之餘，音樂的突出（配樂成為主角的分身「synecdoche」）在黑澤明作品中僅見，在日本電影史上也罕見。

另外，個人認為，黑澤明還有兩部傑作，包括一九五二年的《生之慾》（香港譯名《流芳頌》）和一九五七年的《底層》，後者現在很多人視為失敗之作。

像大部分日本導演一樣，黑澤明的電影有些是「時代劇」，即古裝片，以武士為主角；另一類是「時裝片」，講述明治以後的現代人生活情況，衣著打扮均與時代劇有別。一九四六年《我對青春無悔》是時裝片，講述左翼分子的鬥爭、他們如何受到政府壓迫等。此片獨特之處是原節子作女主角，而且她的角色寫得詳細深入，在黑澤明電影中女主角比較少，《姿三四郎》有戀愛故事，但女性不是主角。《我對青春無悔》中女主角比男主角的戲份重，在黑澤明電影中非常突出。《我對青春無悔》即使不是傑作，至少也是佳作。

Kurosawa Akira

《七武士》

くろさわあきら

《七武士》1954

東寶／製作
黑澤明、橋本忍、小國英雄／腳本
三船敏郎、志村喬、木村功、
宮口精二、津島恵子、千秋實、
藤原釜足、左卜全、稲葉義男、
加東大介、高堂國典、土屋嘉男、
東野英治郎／演員
207分／黑白

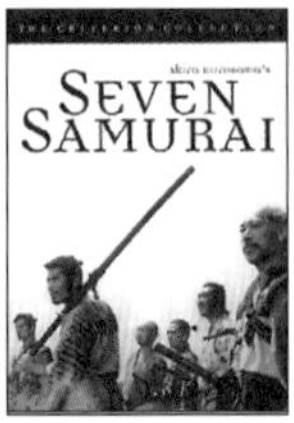

另外，日本評論界對一九四八年的《酩酊天使》（香港譯名《醉天使》）非常推崇，此片是三船敏郎第一次有突出的表現，不過，我也同意一九四九年同樣由他主演的《野良犬》更加出色。《野良犬》講述一名警察的手槍給人偷了，他一路追查失槍的下落，情節緊湊之餘，亦表現了戰後日本社會的混亂，而且甚具哲學意味。警察和嫌犯一正一邪，但在警察最後捕捉嫌犯一幕中，警察反而意識到自己與嫌犯在正邪之間只不過是一線之隔。正邪之對立，在一九六三年《天國與地獄》的最後一幕，也有類似的場面。稱《野良犬》為傑作，我完全同意。

一九五四年的《七武士》可謂是最出色的動作片。一九五七年的《蜘蛛巢城》我也同意是傑作，全片在形式上同樣傑出。黑澤明拍莎劇，連英國的舞台劇導演都歎服。改編之中又能融入日本戰國時代的社會，最後三船敏郎萬箭穿心而死的場面，簡直是一見難忘。

一九六一年的《用心棒》肯定是傑作。全片的第一個鏡頭，是流浪武士走到荒廢的鄉村，見到一隻狗銜著一隻斷掌，加上配樂，有意帶領觀眾窺探市鎮兩幫匪徒之間的鬥爭，隨後才開展故事，講述主角如何設計消滅兩幫壞人。這樣的處理，無論在娛樂成分或形式創新上，都令人大開眼界。後來的《椿三十郎》，在打鬥方面就沒有那麼精彩。最特別是結尾一場，正邪兩位高手大戰，一觸即發，電光石火之間，主角的對手的胸膛突然血如泉湧，倒地死亡。當時不少人對這一幕很失望，因為期待雙方會對打很久，不料主角竟在一秒之間殺死敵人。我以為《用心棒》拍得比《椿三十郎》好。

我想特別一提的是，在《蜘蛛巢城》和《用心棒》之間，一九五八年黑澤明所拍的《隱寨三惡人》（台灣譯名《戰國英豪》，香港譯名《武士勤王記》），娛樂成分很高，片中一高一矮的角色，後來演化為兩個機械人，是美國電影《星際大戰》（*Star Wars*）的原型。該片是否可視為傑作？

鄭樹森

電影本身是藝術，也是工業，更是商業。《隱寨三惡人》在商業上非常成功，拍得流暢自然，此片在各方面雖然沒有大突破，唯電影幾成為一個「原型」（archetype），對於四、

《用心棒》1961

東寶／製作
菊島隆三、黑澤明／腳本
三船敏郎、仲代達矢、加東大介、山茶花究、河津清三郎、山田五十鈴、司葉子、東野英治郎、澤村生雄、志村喬、藤原釜足、夏木陽介／演員
110分／黑白

Kurosawa Akira

くろさわ あきら

舒明

五十年來世界各地的同類電影，影響甚深。雖謂「原型」之論難以證實，但美國《星際大戰》以致西方很多電影，肯定受其影響。就黑澤明的整體電影來看，一九五八年的《隱寨三惡人》是黑澤明首部弧形銀幕影片。這個比例的挑戰是構圖；不少名導演都討厭一九五〇年代中葉好萊塢用來抗衡電視小螢幕的「二・五五：一」比例，因為長橫條在畫面上不易處理，而且舊比例「一・三三：一」之所謂「黃金分割」為西方繪畫傳統特別熱衷的。但以此片來看，黑澤明首次使用壓縮變形鏡頭，給人駕輕就熟的感覺，自始至終構圖舒服妥貼。我完全同意《隱寨三惡人》是傑作。

一九五二年的時裝片《生之慾》、一九五七年的《底層》、一九六五年《赤鬍子》和黑澤明後期的電影，我也可稍作補充。《生之慾》雖然同樣是描述戰後日本社會的混亂，但全片在題材和形式上別樹一格。片中講述一位老官員平日推卸責任，並非真心為人民服務。自從他得知身患絕症之後，才突然思考應該如何度過臨終歲月。他曾經嘗試幾種不同的生活方式，包括飲酒、跳舞等，最後決定把一角臭水溝地帶，修建成兒童公園，造福當地市民。片中的講故事方式很特別，主角在電影中段已死去，他臨終所做的事、如何爭取成功

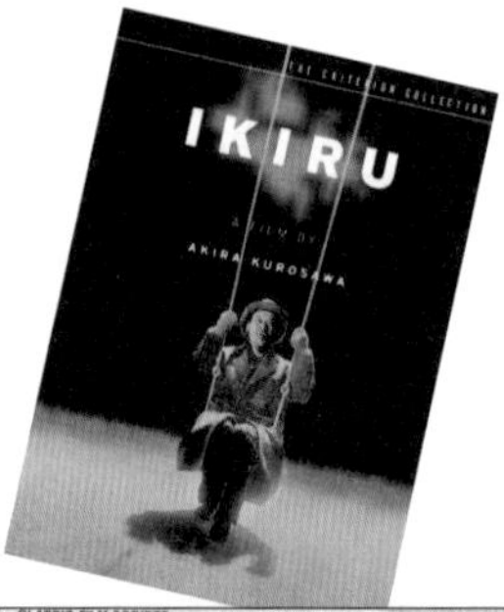

《生之慾》1952

東寶／製作
黑澤明、橋本忍、小國英雄／腳本
志村喬、日守新一、千秋實、
小田切美紀、田中春男、中村伸郎、
金子信雄、浦邊粂子、藤原釜足、
左卜全、宮口精二、渡邊篤、
伊藤雄之助／演員
143分／黑白

興建公園等，均是在守靈時由其他人物旁述、交代和追憶的。《生之慾》在內容和形式上都是非常出色的作品。

至於《底層》，法國導演尚・雷諾（Jean Renoir）也拍過。一九六五年的《赤鬍子》我也看過好幾遍。這部電影改編自日本通俗作家山本周五郎的小說。當初在香港看的是刪去結尾四十多分鐘的版本。因為此片太長，結果放映時竟然整個片段給刪掉。此片運用的深焦（deep focus）鏡頭尤其出色。有些畫面看來很近，實際上拍攝時是在很遠的地方。內容方面，《赤鬍子》全片講述在長崎學習西醫的青年，原本打算投身幕府，誓要在社會上出人頭地。後來遇到老師「赤鬍子」。「赤鬍子」不單盡力醫治貧苦大眾，並希望救治人的心靈。主角從當初反抗老師到後來膺服他，甘願放棄富貴浮華而服務社會，為貧病民眾醫病，電影把這個成長故事拍得相當動人。另外，全片有一段講述主角親睹一位老人的死亡，並從中帶出老人女兒一段淒美的戀愛往事，這些全都是窮人的故事，富有抒情和寫實味道。

一九六五年，黑澤明拍完《赤鬍子》之後，只有五十五歲，但電影生涯卻遭遇重大挫折。當時日本電影不景氣，四大導演（黑澤明、木下惠介、小林正樹和市川崑）為了挽救日本電影，聯合組成「四騎之會」合作拍片，首先幫助黑澤明拍成第一部彩色片。此片有不同的譯名，包括《電車狂》或《街車的聲音》，按原著小說的譯名，應叫做《沒有季節的小墟》。片中講述一個貧民區的眾生相，題材跟一九五七年的《底層》有些相似，只是換上非常鮮豔的彩色。黑澤明對於色彩的運用，可能跟他懂得繪圖和畫油畫有關，他少年時曾立志作畫家。可惜《沒有季節的小墟》票房失敗，對黑澤明的打擊很大，他於一九七一年十二月二十二日自殺，幸而獲救，但黑澤明在日本已找不到人投資開拍電影，只能靠外國資金維持。因此，他後來差不多每隔五年才可拍一部電影，一九七五年在蘇聯拍成《德爾蘇・烏扎拉》，獲莫斯科影展電影獎，也取得美國奧斯卡金像獎的「最佳外語片」。其後

くろさわ あきら

每隔五年一部的《影武者》（一九八〇）、《亂》（一九八五）和《夢》（一九九〇），都要靠外國資金，其中不少資金來自法國，好幾位崇拜他的美國導演也幫忙集資、發行。一九九〇年以後才拍得較頻密，但也只不過有《八月狂想曲》（一九九一）和《一代鮮師》（一九九三）兩部作品。

黑澤明後期的電影，在形式上非常講究和突出，例如：《亂》裡千軍萬馬、兩軍大戰的場面很卓絕，對日本和中國後來拍製的戰爭動作片有深遠影響；《影武者》講的是歷史故事，名將歿後不公開死訊，祕密地另找替身。不過，我認為這些電影缺乏生氣，頗為形式化，跟早期電影的活力充沛難以相比。這些後期電影可能是佳作，但沒有傑作。

總括而言，我認為黑澤明的傑作有：《野良犬》、《羅生門》、《生之慾》、《七武士》、《蜘蛛巢城》、《隱寨三惡人》、《用心棒》，跟你的很接近，唯一疑問是，究竟一九五七年的《底層》應該如何定位？另外，在一九六三年拍的偵探犯罪片《天國與地獄》也非常出色，是否可視為傑作？

鄭樹森

我們在這次對談之前並沒有交流過《底層》的意見，這次聽到舒明分析《沒有季節的小墟》和《底層》兩部電影之間的相似性，指出《沒有季節的小墟》在內容上很接近《底層》，幾乎是重拍，我決定修正自己的意見，應該是一九七〇年這一部《沒有季節的小墟》才是傑作。

《沒有季節的小墟》是黑澤明天皇首部彩色片（用傳統銀幕比例），構圖及色彩明顯沿承歐洲近代寫實的油畫傳統，又特別專注於具體事物之表面細節，跡近寫生。記得初看此片時，當時電影老師文尼．費巴（Manny Farber）教授與黑澤明一樣都是繪畫出身，他講課時很強調片中的「圖畫感」（painterly）。文里．費巴教授對於術語不喜大事鋪陳，對於「圖畫感」也沒有加上什麼解釋。後來我多看這部作品幾遍，又與其他世界電影的色彩互相比較，才知道他所指的是什麼。色彩之圖畫感，剛好與影片中卑微小人物的失所困頓，形成強烈對比。片中小人物貫注了黑澤明的悲憫與同情，對看過一九五七年《底層》（改編自舊俄文學高爾基的名著）的人，不會陌生，甚可視作更加本地化（日本化）的變奏版本。《沒有季節的小墟》在形式上有彩色實驗特點，內容又與《底層》相似，因此，就以《沒有季節的小墟》為黑澤明的傑作，代替先前所選的《底層》。

至於一九六三年的《天國與地獄》，改編自黑澤明喜愛的美國警探小說家艾德·麥可班恩（Ed McBain）的英文作品，原著一般歸類為「警察辦案過程」（police procedure）小說；顧名思義，特重案件中警探的工作流程，故此有一種自然主義式的寫實；而警局是團隊，小說因此突出群戲，並以紐約大都會的三教九流、貧富懸殊為背景；過程中呈現的大多為社會陰暗面，調子不免沉鬱。黑澤明的改編青出於藍，在電影裡除辦案工序及曲折外，注入道德層面，並涉及貧富懸殊階級問題，超越原作，直逼杜斯妥也夫斯基。電影節奏的緩急徐疾，拿捏精準，情節的跌宕起伏，緊扣心弦，在攝影上通過東京的交通場面，配合劇情，各方面都配合得水乳交融，非常難得。加上全體演員的精彩演繹，構成至今無出其右

《沒有季節的小墟》1970

東寶／製作
黑澤明、橋本忍、小國英雄／腳本
頭師佳孝、菅井勤、三波伸介、
伴淳三郎、芥川比呂志、
奈良岡朋子、加藤和夫、渡邊篤、
井川比佐志、田中邦衛、楠侑子、
松村達雄、三谷昇、三井弘次／演員
140分／彩色

くろさわ あきら

《羅生門》

的日本「警匪片」，同樣是傑作之選。

黑澤明的電影，其實除了去世前所拍的最後兩部，每一部均可視為佳作。即使一九四五年的《踩虎尾的男人》，幾乎原封不動地把能劇（Noh）搬上銀幕，其風格化（stylization）的效果，仍有可觀之處。一九四四年戰時所拍的《最美》也在形式上有新嘗試，就當時而言亦很難得。一九六〇年《惡漢甜夢》（或譯《壞蛋睡得最香》）再次顯示駕馭寬銀幕的功力，尤其是開場二十分鐘的婚禮，大銀幕的特寫及遠鏡之對比尤其強烈，形式上深化劇情。因此，由一九四三年《姿三四郎》到一九九〇年《夢》，全屬佳作，比佳作更進一步的就是傑作。

說到佳作，從一九七五至一九九〇的四部彩色電影：《德爾蘇．烏扎拉》、《影武者》、《亂》和《夢》，每部也很有特色。我同意舒明所說，它們或稍為形式化。四部電影的形式頗獨特。以一九七五年的《德爾蘇．烏扎拉》為例，此片是黑澤明在俄國拍攝的彩色七十釐米電影。特大的銀幕，加上西伯利亞自然景色之無垠，讓黑澤明在構圖上作出迥異於《沒有季節的小墟》的試驗，框架不再囿限影像空間，而讓山川景色水平式橫軸般在特寬的銀幕舒伸開展，更突出片中生活在野外的獵人烏扎拉與大自然互為一體。海明威（Ernest Hemingway）的名著《老人與海》（*The Old Man and the Sea*），搬上銀幕毫無神采，但黑澤明此片倒在無意中，經營出這部中篇的精神。其他的還包括《影武者》內景運用色彩較暗的鏡頭；《亂》千軍萬馬、彩色繽紛的鏡頭；《夢》裡花神出現的一幕，都令人非常震撼。黑澤明的電影，實在找不到佳作以下的水準。

總括而言，黑澤明的傑作有《野良犬》、《羅生門》、《生之慾》、《七武士》、《蜘蛛巢城》、《隱寨三惡人》、《用心棒》、《天國與地獄》、《赤鬍子》和《沒有季節的小墟》。我們一共選出十部傑作。

Kurosawa Akira

くろさわあきら

舒明

黑澤明的三十部電影，我全部都看過，其中有些是較少人提及的。一九四四年的《最美》，講述玻璃廠工作的女工，有謂是為軍國主義宣傳，此片拍得較弱，不過仍不失為水準之作。另一九四七年《美好的星期天》甚受好評，此片以戰後為背景，卻只講述一男一女的戀愛故事，拍得很理想化，令人想起「有情飲水飽」的境界。一九四九年《寂靜的決鬥》講述一位在工作中染了性病的醫生人格高尚，雖然犧牲了愛情，仍然盡心醫治病人。他每一部電影皆經得起時間的考驗，我們所選的十部傑作，黑澤明拍得無懈可擊。

鄭樹森

日本戰前拍戲，不免受到當時軍政府的審查和監察。《姿三四郎》以柔道為題材，表面上弘揚武德，事實上有黑澤明的個人發揮。「弘揚武德」的主題，方便通過審查和取到資助，容易過關，但拍出來的故事，並沒有違背其個人的意願。

一九四四年的《最美》是軍政府要求「配合」的作品，應該是文宣片，但刻劃軍火廠女工的工作過程，近乎紀錄片，最為可觀的是對女工刻苦耐勞的描繪，其實甚為「中性」，很難說是右翼法西斯軍國主義的政策電影。尤其是《最美》的結局，肯定有宣傳作用，強調後方要努力工作、支援前方等等，但影片有趣的地方，卻正正說出支援前方的是「無產階級」工人，在電影史上非常難得。就當時而言，此片既可「交差」，又有黑澤明的特殊處理。至於《美好的星期天》的特色，除了你剛才的分析之外，印象最深的還有作品中的音響，效果很獨特。

現在黑澤明的作品全部都可在坊間找到來看，其中有一半以上，舒明和我都不斷重溫。有些舒明可能看過十數次吧？這或者是我們對黑澤明的分析可以比較透徹的原因，而《電影旬報》的選舉結果也很合理。

黑澤明的傑作表

1 一九四九《野良犬》
2 一九五〇《羅生門》
3 一九五二《生之慾》
4 一九五四《七武士》
5 一九五七《蜘蛛巢城》
6 一九五八《隱寨三惡人》
7 一九六一《用心棒》
8 一九六三《天國與地獄》
9 一九六五《赤鬍子》
10 一九七〇《沒有季節的小墟》

Kurosawa Akira

2

小津安二郎

おづやすじろう

一九〇三—一九六三

Ozu Yasujirō

1903年 生於東京市深川區，父親為肥料批發商的大掌櫃，排行第二。
1916年 小學畢業，中學住校，成為柔道社社員。
1917年 希望成為美術導演，沉迷於谷崎潤一郎、芥川龍之介的作品，開始玩相機。
1923年 進入松竹電影公司擔任攝影部助理。
1927年 拍攝第一部作品《懺悔之刃》。
1936年 參與成立日本電影導演協會，設計協會標誌。結識溝口健二、內田吐夢。
1937年 在松竹執導的電影固定由厚田雄春擔任攝影。九月入伍，開始在中國各地轉戰，直至一九三九年召集令解除。
1951年 拍攝《麥秋》，第一次獲藝術祭文部大臣賞。
1958年 拍攝第一部彩色作品《彼岸花》。《東京物語》在倫敦影展獲第一屆最佳影片薩瑟蘭獎。榮獲日本紫綬勳章。
1961年 以《秋日和》在亞太影展獲最佳導演獎。
1963年 六十歲生日當天因癌症病逝。

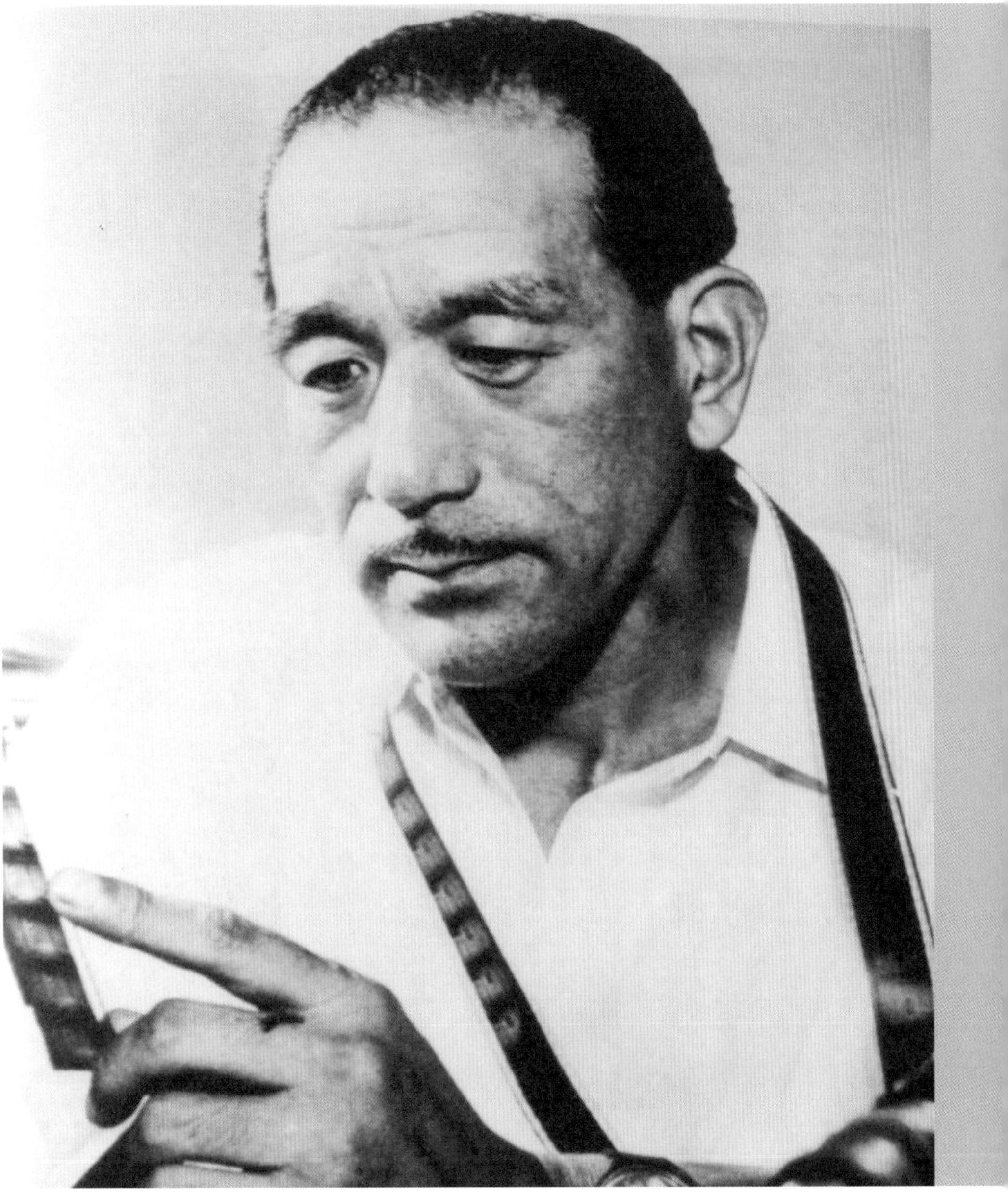

おづやすじろう

《獨生子》1936

松竹大船／製作
池田忠雄、荒田正男／腳本
飯田蝶子、日守新一、葉山正雄、坪內美子、吉川滿子、笠智眾、浪花友子、爆彈小僧、突貫小僧、高松榮子／演員
83分／黑白

鄭樹森
舒明

在《電影旬報》十大電影入選導演中，小津安二郎排名第二。他入選次數是二十次，榜首次數是六次。

小津安二郎生於一九〇三年十二月十二日，於一九六三年生日那天去世，享年六十歲。他一九二七年開始執導，第一部電影由公司分配拍時代劇《懺悔之刃》，表現不算突出，以後他一直拍現代劇，反映當代人生活，最後的影片是一九六二年的《秋刀魚之味》。

小津早年曾拍喜劇，也很喜歡美國電影，曾模仿外國片的拍法，鏡頭移動非常大，與後期紋風不動的「小津風格」完全不同。二〇〇三年香港舉辦過「小津安二郎回顧展」，我們才有機會看到差不多所有現存的小津作品。

至於小津的傑作，我們可以考慮他早期的兩部默片：一九三二年的《我出生了，但……》和一九三六年的《獨生子》。《我出生了，但……》講述一位小朋友不滿父親對上司阿諛奉承，提出反抗，在小津早年的喜劇中，相當突出，在歐洲的名氣也很大。戰後小津拍過一部《早安》，題材也很相似。《獨生子》講述母親茹苦含辛送兒子到東京求學，希望他出人頭地，但人浮於事，兒子又娶妻心切，沒有什麼作為，母親探望兒子並得悉真相後，只好返回鄉村工作，最後衰老辭世。與《我出生了，但……》相反，《獨生子》悲劇成分甚濃。戰中小津有兩部佳作《戶田家兄妹》（一九四一）和《父親在世時》（一九四二）。從戰後開始，他最出色的作品都堪稱為傑作，包括：《晚春》（一九四九）、《麥秋》（一九五一）、《東京物語》（一九五三）、《浮草》（一九五九）和《秋刀魚之味》（一九六二）。

《東京物語》1953

松竹大船／製作
野田高梧、小津安二郎／腳本
笠智眾、東山千榮子、原節子、香川京子、山村聰、大坂志郎、杉村春子、三宅邦子、東野英治郎、中村伸郎／演員
135分／黑白

Ozu Yasujirō

《晩春》1949

松竹大船／製作
野田高梧、小津安二郎／腳本
笠智眾、原節子、月丘夢路、
宇佐美淳、桂木洋子、杉村春子、
三島雅夫、三宅邦子、坪內美子、
清水一郎／演員
108分／黑白

鄭樹森

小津的作品及風格，國內外都有不少討論；香港有舒明和李焯桃合編的論集；台灣也有專書，法國也有大量討論，美國的大衛．波德威爾（David Bordwell）教授的鉅著更是英語世界的指南針（二〇〇七年全書修訂版放上波德威爾的網頁後，新序更出人意表地推崇小津，譽之為世界電影史最偉大的電影導演），故不擬在此討論小津的特色。

可以肯定地說，小津自一九四九年《晚春》後，每一部電影都是佳作。在佳作之上，下列七部絕對是傑作：《晚春》（一九四九）、《麥秋》（一九五一）、《彼岸花》（一九五八）、《秋日和》（一九六〇）、《秋刀魚之味》（一九六二）、《東京物語》（一九五三）和《浮草》（一九五九）。

《晚春》和《麥秋》兩部都是講述女兒出嫁後父親的寂寞；《彼岸花》是小津第一部彩色片，雖然仍沿用他慣見的題材和拍法，但片中對「空白」和「餘韻」的處理，猶勝片中的彩色效果。《秋日和》重拍《晚春》，內容上把「父女」改為「母女」關係；《秋刀魚之味》仍以出嫁為題材；然後《東京物語》可說是小津最知名作品，個人則認為《浮草》比《東京物語》更好看，可觀之處更大；而《晚春》更早將《東京物語》的寂寞和人際關係

《秋刀魚之味》1962

松竹大船／製作
野田高梧、小津安二郎／腳本
岩下志麻、笠智眾、岡田茉莉子、佐田啓二、三上真一郎、吉田輝雄、牧紀子、中村伸郎、三宅邦子、東野英治郎／演員
118分／彩色

Ozu Yasujirō

おづやすじろう

《麥秋》1951

松竹大船／製作
野田高梧、小津安二郎／腳本
原節子、笠智眾、淡島千景、佐野周二、二本柳寬、三宅邦子、菅井一郎、東山千榮子、杉村春子、井川邦子、高橋豐子、高堂國典、西脇宏三、宮口精二／演員
124分／黑白

處理得更感人。很多朋友說小津的電影大同小異，互相重疊之處甚多。我卻覺得他每一部電影對人情的處理，恐怕都是獨步於日本以至世界影壇的。

我所選的七部傑作，加上舒明所選的兩部《我出生了，但……》和《獨生子》，一共選出了九部小津的傑作。

舒明

我覺得小津的佳作，戰前有《浮草物語》（一九三四），戰中有《戶田家兄妹》及《父親在世時》，而戰後的《長屋紳士錄》（一九四七）與《風中的母雞》（一九四八），每一部均精細獨特，各具面貌。你所選的傑作中，《彼岸花》和《秋日和》是我剛才沒有提及的。我認為《彼岸花》還有一個特色，就是非常幽默風趣。小津後來的《早安》，在幽默感上仍不如《彼岸花》。《秋日和》以原節子作母親，以司葉子為女兒，屬於《晚春》的變奏。另外，我很贊同你對《浮草》的分析。我看過《浮草》四、五次，每次都非常喜歡。《浮草》是重拍戰前黑白片《浮草物語》，美國製作的《浮草》DVD屬雙碟版，把這兩部電影放在一起，觀眾可一併比較觀看。《浮草物語》拍得不錯，已屬佳作，《浮草》則更上層樓。小津作品的質素確實相當高。我們兩人所選的傑作，只有一、兩部不同，合起來一共有九部。

小津安二郎的傑作表

1——一九三二《我出生了，但……》
2——一九三六《獨生子》
3——一九四九《晚春》
4——一九五一《麥秋》
5——一九五三《東京物語》
6——一九五八《彼岸花》
7——一九五九《浮草》
8——一九六〇《秋日和》
9——一九六二《秋刀魚之味》

Ozu Yasujirō

3

今井正

いまいただし

一九一二—一九九一

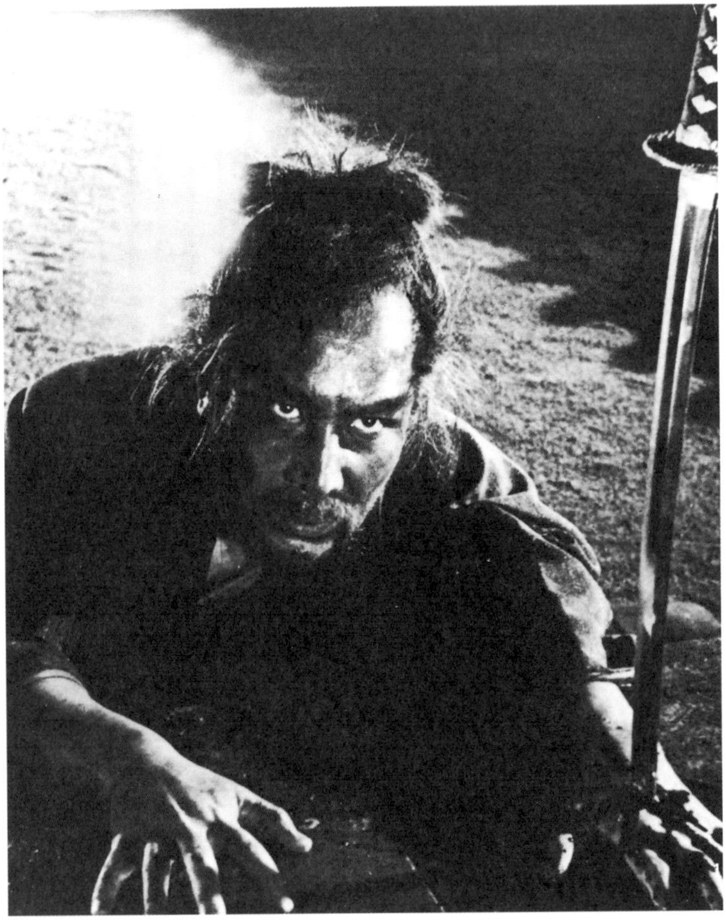

《武士道殘酷物語》

鄭樹森 現在進入《電影旬報》排名第三的今井正。在正式對談之前，我們都討論過今井正的問題。今井正的入選，主要是歷史性的影響，尤其是他的作品頗能配合當時的日本思潮，投票者當年或考慮到其電影對時代的反映，故才得出排名如此高的結果。我認為今井正是很重要的導演，在日本電影史上應佔一席位，但放在世界影壇上，實在很難想到他有什麼代表作，證明他足以排在第三名。他的電影所處理的形式、問題，我們都不覺得有「獨步」之處，所以傾向把今井正排除到十大以外。

舒明 今井正在五十年代差不多是成績最好的導演，其左翼意識形態的電影，極受評論界追捧。我看過他部分的代表作，片中的時代激情和社會意識，今日看來的確有點過時，很難選出一兩部為「傑作」。我記得他的《武士道殘酷物語》（一九六三）當年曾在香港銅鑼灣的豪華戲院放映，片名改為《武士道殘酷祕史》，當然，因為他的電影今日不易看到，故我們對他的認識不如黑澤明和小津之深，也不易理解為什麼他在《電影旬報》的排名如此高。

鄭樹森 這正好回應我們開首所說的，材料很重要。無論寫電影史或文學史，假如沒有材料的話，很難作一確切、合適的定位。以我們目前所能看到的今井正代表作而言，他排第三實在欠說服力。

舒明 今井正在電影形式上沒有突出之處，有時連故事也說得牽強，不夠乾淨俐落。

鄭樹森 而電影的社會意識卻很強烈。當然，黑澤明電影的社會意識也很強。唯今井正的電影，以致他今天如此高的排名，可能只是適逢其會。

舒明 換言之，今井正與黑澤明、小津，並不是級數相同的導演。

Imai Tadashi

4

木下 惠介

きのしたけいすけ

一九一二—一九九八

Kinoshita Keisuke

1912年 生於靜岡縣濱松市千歲町，家裡開食品店。

1930年 自縣立工商學校畢業後已打算進片場工作，但父母反對，最後打動父母，同意讓他進入電影界。

1933年 加入松竹蒲田攝影所技術部，擔任島津保次郎攝影助手及助理剪接，獲其賞識，一九三六年轉到導演部任其助導。

1939年 轉任吉村公三郎的助導，協助其拍成名作《暖流》。

1940年 被召入伍到中國參軍，但翌年即因患肺積水返國復員。

1943年 進松竹拍攝首作《熱鬧的港口》，改編自菊田一夫的同名作。和黑澤明處女作《姿三四郎》同獲當年的導演新人獎「山中貞雄賞」。

1951年 拍攝日本第一部彩色電影《卡門還鄉》。

1960年 在《笛吹川》黑白膠卷上加進點滴染色的「水彩式」手法，視覺效果獨特。

1961年 《永遠的人》代表日本為奧斯卡最佳外語片提名。

1965年 離開工作三十二年的松竹片廠，一九七九年重投松竹。

1998年 八十六歲逝世。

きのしたけいすけ

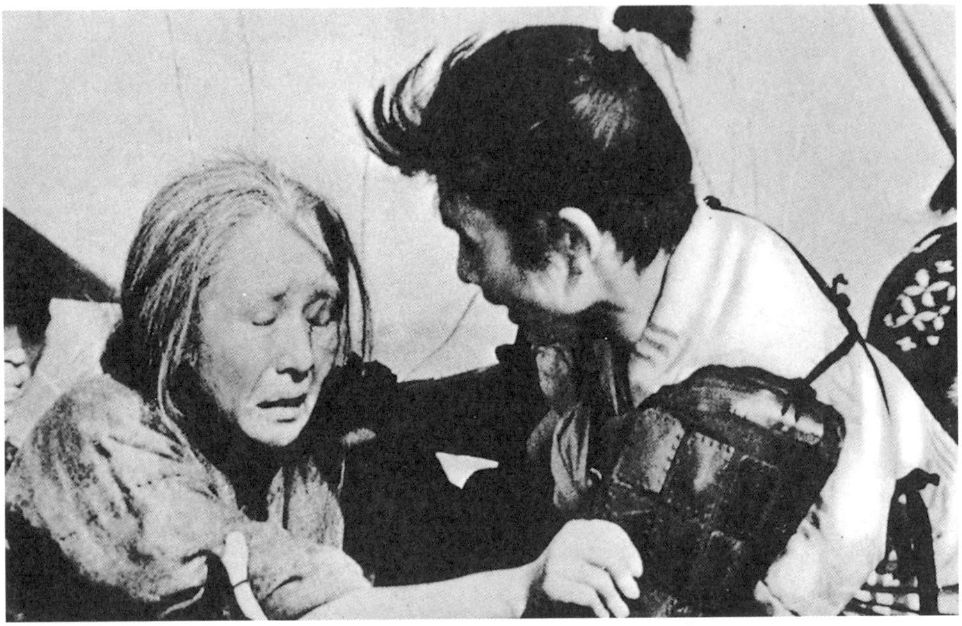

《笛吹川》1960

松竹／製作
深澤七郎／原著
木下惠介／腳本
田村高廣、高峰秀子、松本幸四郎、
中村萬之助、岩下志麻、井川邦子／演員
117分／黑白染色

鄭樹森　木下惠介在八十年來《電影旬報》十大電影入選導演中排第四名。他入選次數二十次，榜首次數三次，共得一百三十四分。

舒明　香港作過兩次大規模的木下惠介回顧展。他比黑澤明小兩歲，一九一二年十二月五日出生，與黑澤明同年去世，死於一九九八年十二月三十日。木下和黑澤明同時出道，一九四三年黑澤明拍《姿三四郎》，木下惠介拍《熱鬧的港口》。這兩位新人當時都非常轟動，獲得一致好評。木下以拍喜劇聞名，最後的影片是一九八八年的《父親》，作品共四十九部，數量比黑澤明多。他在日本的聲望，與黑澤明不相伯仲。木下電影的題材和表現形式都較感情化，不少作品在日本各地取景，對日本觀眾來說，很有親切感，深得評論界和觀眾的肯定。

在香港，我是較早注意木下惠介的影評人。在六〇年代中，我很奇怪，木下惠介既然可以匹敵黑澤明，為什麼他的電影沒有在香港公開放映？我後來在日本和澳洲才有機會看到他的電影。木下惠介的特色是不斷實驗和創新，創作領域也相當廣。

在此我想特別討論《笛吹川》（一九六〇）。這部電影我已看過兩次，今早對談之前再重看，仍然認為此片比黑澤明的《影武者》好，是一部不可多得的傑作。《笛吹川》是劇情長片，講述戰國時代日本武士集團互相攻討，影響農民生活。片中借一家農戶的三代歷史，以及通過一幕經常出現的長堤景色，反映農民生活的困苦。三代之中，特別說到爺、孫兩代都跟隨武士主人上戰場而白白犧牲了。

《笛吹川》可說是一部很「怪」的電影，電影史上絕無僅有，有兩點尤其獨特：

其一，該片本來是黑白片，但木下惠介卻為每一個鏡頭「著色」，好像染水彩一樣，紅、

Kinoshita Keisuke

きのしたけいすけ

黃、藍、綠，逐一染上去，色彩非常鮮明。

其二，日本拍過不少以戰國時代為背景的電影，多以幾名大將互相開戰為主，但此片卻以史詩形式反映農民的生活，絕無僅有。

除了《笛吹川》外，我認為木下的傑作還包括：《女》（一九四八）、《卡門還鄉》（一九五一）、《日本的悲劇》（一九五三）、《二十四隻眼睛》（一九五四）、《卿如野菊花》（一九五五）、《楢山節考》（一九五八）和《風花》（一九五九），總計共八部。

鄭樹森

個人心目中的木下傑作包括：《大曾根家的早晨》（一九四六）、《女》、《卡門還鄉》、《日本的悲劇》、《二十四隻眼睛》、《卿如野菊花》、《楢山節考》和《風花》，對於木下惠介的電影特色，在此想補充幾句。我認為木下惠介的電影有三個特色：

第一，凸顯日本尋常百姓樸素、平安、美好的一面，通過鄉村（農村）的簡單生活、日常作業來具體呈現（concrete presentation），甚至以此暗示一種核心價值觀，亦即一般人民追求的也祇不過是安定、溫飽、免於匱乏；但這種卑之無甚高論的冀求，面對外在大氣候的

《卡門還鄉》1951

松竹／製作
木下惠介／腳本
高峰秀子、佐野周二、佐田啟二、小林俊子、笠智眾、坂本武／演員
86分／彩色

Kinoshita Keisuke

《卡門還鄉》

變動、外在政治力的撞擊，往往無法維繫。

這在《二十四隻眼睛》固然如此，在《日本的悲劇》亦然，回溯《卡門還鄉》雖然鄉村已大體回復舊觀，百姓尚能在日本的秀麗山水中，重返一種和諧，但外力的不幸干預仍然留下未癒合的傷口（鄉校老師復員返鄉後已成瞎子，生活得靠太太經營馬車）；同樣，改用洋名莉莉．卡門，原叫小金的同鄉小姑娘（一度愛慕戰爭中盲眼的小學老師），在東京學會「袒胸露臂」、濃裝豔抹，甚至表現鄉人視為「妖豔」的舞蹈，則代表戰後美國軍事佔領日本的「洋基」衝擊。

換言之，侵略戰爭破壞了原有的和諧，其後果餘波盪漾，持續搖晃重建舊有和諧的願望，也預兆（anticipate）隨之而來、無可迴避的震盪；日本長期維繫的傳統既有秩序、生活形式、基本面貌，都將逐步消逝。

《卡門還鄉》通過強烈對比（contrast）下，彰示出來的訊息（凡對比必有意義），一方面極有藝術獨特的直觀洞察（intuitive perception），亦即盧卡奇（Georg Lukács）所說的藝術直觀裡因為真誠（sincerity）而達致超時空的洞見（insight）。另一方面則在喜劇、人情劇的溫馨可親裡，再次控訴侵略戰爭及其遺害。

第二，在形式上，木下的代表作以大量中遠鏡、遠鏡來突出農村田園的自然風光，讓天空、山巒、樹林、花草（如《卡門還鄉》）佔據畫面（角色因此被渺小化），正是要以這種構圖、這種秀美江山來充分表達、具體呈現其對比及訊息。

第三，在情節安排上，木下的代表作（《二十四隻眼睛》、《日本的悲劇》、《卡門還鄉》）都在結尾時肯定百姓的淳樸、人情的溫暖、人性的善良，似乎要告訴觀眾：不但人間有情，百姓的期盼、舊有的山水，終或會像日本的山水，歷經變化，依然有力；是救贖，也是樂觀。

就個別作品而言，《卿如野菊花》（一九五五）現在所見的版本雖然不太理想，但在日本言情傳統裡，這部片子肯定非常突出，超越一般日本言情作品因不能結合而十分哀傷的常見老套情節。全片做到「哀而不傷」，表達微妙的感情，即我們所說的「sentimental」，卻不致淪為濫情。正如美國重要影評人 Vernon Young 一九六六年在《維農．楊格論電影》（*Vernon Young on Film*）所言，他是不喜歡這部片子的，但仍用此片為例，比較木下與小津的風格，認為木下把處境經營為「個人無法超越歷史、階級的規限」。楊格指出，從西方觀點來說，此片的故事、情節不能感動他，說服力不足，但他仍用「美感大量溢出」來形容這部電影。由此可見，楊格雖然一方面難以接受《卿如野菊花》的情節，但另一方面卻無法不肯定這部電影。我認為西方人看東方的人情，不免像楊格一樣，有些地方難以接受，但他對《卿如野菊花》的意見卻相當中肯。《卿如野菊花》能表現日本言情傳統（sentimentalism）卻不濫情，這正是電影導演的功勞。在日本大量同類的電影中，很難看到像《卿如野菊花》的提升和超越。

Kinoshita Keisuke

《二十四隻眼睛》1954

壺井榮／原著
高峰秀子、田村高廣、天本英世、笠智眾／演員
155分／黑白

きのしたけいすけ

《楢山節考》1958

松竹大船／製作
深澤七郎／原著
高橋貞二、望月優子／演員
98分／彩色

《卡門還鄉》、《日本的悲劇》、《二十四隻眼睛》等，日本與外國評論界已有共識，不用多談。《楢山節考》風格化的效果，令人印象極深。《風花》令人想到瑞典大導演英格瑪．柏格曼（Ingmar Bergman）的《野草莓》（*Wild Strawberries*），兩片的主角都在同一地點回顧自己的童年，《風花》講述的是在同一地點，前後兩個故事、同一個人的重複。

另外，一九四八年的《女》，今天有幸回顧，非常震撼，堪稱獨步世界電影史。倘若沒有現在的回顧展及DVD，我們就不易作此重估。《女》的特色有三：

一、片子開始時夜總會夜景一場戲，十分「德國表現主義」，令人想起弗里茲．朗（Fritz Lang）表現主義的攝影風格，也就是強烈的光暗對比，也與德國表現主義企圖以外在圖象指向激烈情緒，大略相仿。

二、義大利新寫實主義在二戰結束前後興起，表現手段上執著於實景、非職業演員、盡量用自然光等，題材分別是戰爭經驗和社會問題。本片在兩方面都類似，卻是獨立摸索出來的，不是影響或模仿。

三、本片除了結尾的幾分鐘，全片劇情時間和真實時間（diegetic time and real time）吻合，但影片沒有特別強調這點。特別強調這一點，並以此增強劇力的是佛萊德・辛尼曼（Fred Zinnemann）的《日正當中》（*High Noon*, 1952）。這也是影史上常拿來佐證兩種時間同步的最著名例子。不意木下的《女》也可看到類似的經營，而且片子完成於一九四八年。

至於舒明提及的《笛吹川》，形式上很特別。通過橋下流水的意象，譴責日本長期戰亂對老百姓帶來的禍害，處理頗成功，電影到了中段，這個訊息已很清晰，後段則稍嫌重複。電影有半部不斷試探新形式，但全片卻欠貫徹性，前後未能呼應。而黑白片染色的作法，西方的劇情長片在三十年代也試過。《笛吹川》的作法較精緻，西方當時作得較粗糙。簡言之，我對選它為傑作，有些保留，但《笛吹川》無疑屬佳作。

我反而想把一九四六年的《大曾根家的早晨》列為傑作。主要有幾點：

第一，批判軍國主義的主題，在同期日本電影少見。

第二，片中揭露太平洋戰爭爆發前後的特務恐怖。

第三，反映普通老百姓在戰爭中的苦難。與戰後同類型的日本電影比較，以上三點特色，足見這部片子在題材和內容上具先行性。

第四，形式尤其特別。全片均在室內拍攝，近景和特寫非常多，頂多中景，構成一種壓迫感（claustrophobia）。這剛好與一九五一年的《卡門還鄉》、一九五四年的《二十四隻眼睛》以至一九五九年的《風花》等遠景鏡（long lens）及其帶出來的訊息，非常不同，足證木下的「因材制宜」，形式服務內容的美學彈性。

Kinoshita Keisuke

きのしたけいすけ

為了這次對談，我們特別重看大量的木下電影，先從他後期作品看起。那時與舒明在多次電子郵件往還中，還大談木下「遠景鏡的美學」，認為木下鏡頭美學的特色，必定是強調自然與人事的對比。直至後來看到《大曾根家的早晨》，才發現原來不全是如此。《大曾根家的早晨》的題材固然令木下對鏡頭有特別處理，當時戰後片廠的貧乏狀況，相信也對該片的鏡頭運用有影響。在木下電影裡，《大曾根家的早晨》獨具用心，或可列為傑作。

除了以上所選的傑作，可否再談一談一九四四年的《陸軍》？很難判斷該片是傑作還是佳作。

舒明

《陸軍》在外國的評價很高，大概介乎佳作與傑作之間。該片的內容和表達手法均十分出色，講述一個家庭為軍國主義服務，最後由母親親自送兒子去從軍，描寫深刻細膩。

至於你提及的《二十四隻眼睛》，以一位鄉村教師教育十二個小童的故事為主，故名之為「二十四隻眼睛」，本來屬於「催淚電影」，但我覺得此片還有兩點值得留意：

其一，寫男丁的為國捐軀，暗中批判軍國主義。

《大曾根家的早晨》1946

松竹／製作
杉村春子、德大寺伸、
大坂志郎／演員
80分／黑白

Kinoshita Keisuke

《楢山節考》

《卿如野菊花》

きのしたけいすけ

其二，本片以「兒童」為題材，拍得很成功，也是一項成就，原因是兒童為題材的電影本來就不多，而且以「童星」為主角的電影也很難拍，指導兒童拍戲並不容易。這部片成功的程度，甚至令取景的小豆島後來變成旅遊點，可見此片當時極受歡迎。

此外，木下另一部傑作《楢山節考》講述當地風俗，村民因為家中窮困，無法養活老人，因此，凡滿六十歲的老人，兒子會把他們送上高山，任其老死。此片獨特之處在於不用寫實手法拍攝，而是運用歌舞伎的形式，多用燈光連接場景，形式創新。《楢山節考》和《笛吹川》其實都是改編自深澤七郎（一九一四－一九八七）的原著，深澤七郎本身就是帶有民間色彩的作家，歌舞伎的手法很能配合原著精神。我特別提出原作來討論，因為我認為，當電影改編文學作品時，原著精神是需要考慮的。假如影片能傳達到原作者的精神，在轉化電影形式上又互相配合，就非常難得。我們稍後討論的市川崑，其電影更多是改編自文學作品而來的，這一點或可更深入探討。

我雖然很早已留意木下惠介，並盡量找他的作品來看，但在他四十九部的影片中，至今仍只看到約三十部，對他的評價不免有些限制，認識也始終不如對黑澤明與小津安二郎那麼深。我認為他晚年的電影較弱，但早年的卻水準上佳，即使是通俗喜劇片如《小姐乾杯》（一九四九）和《春夢》（一九六〇），都拍得妙趣疊出。日後有機會看到他更多的電影，或會修訂這裡的意見，說不定會多加幾部傑作。

木下惠介的傑作表

1——一九四八《女》
2——一九五一《卡門還鄉》
3——一九五三《日本的悲劇》
4——一九五四《二十四隻眼睛》
5——一九五五《卿如野菊花》
6——一九五八《楢山節考》
7——一九五九《風花》
8——一九六〇《笛吹川》

Kinoshita Keisuke

5

山田洋次

やまだ ようじ

一九三一—

Yamada Yōji

- 1931年 出生於大阪府豐中市，父親是當時滿洲國的鐵路設計師，因此兩歲搬到大連，並在大連成長，直到二戰結束後搬回日本。
- 1950年 考入東京大學，加入「東大自由映畫研究所」。
- 1954年 畢業於東京大學法學部，進入松竹公司擔任助導。
- 1956年 開始撰寫電影劇本。
- 1961年 成為導演，執導的第一部影片是《二樓的陌生人》。擅長喜劇影片的創作，有「喜劇山田」之稱。
- 1969年 開始拍攝系列片「寅次郎的故事」，是日本影壇喜劇影片的代表作。片中的主人公寅次郎在日本家喻戶曉，極受觀眾喜愛。
- 1977年 執導的《幸福黃手絹》溫情洋溢，大膽起用「黑幫大佬」高倉健飾演沉鬱的柔情漢子，深入民心。
- 2004年 獲第十七屆東京電影節類近「終身成就獎」的「黑澤明獎」。
- 2008年 獲香港國際電影節頒贈亞洲電影終身成就大獎。

やまだ ようじ

「寅次郎系列」1969-1995

松竹／製作
山田洋次／腳本
渥美清、笠智眾、三崎千惠子、倍賞千惠子、前田吟、志村喬、太宰久雄、美保純、佐藤蛾次郎、露木幸次、淺丘瑠璃子、關敬六、秋野大作、吉田義男／演員

鄭樹森

《電影旬報》十大電影入選導演中排第五位的是山田洋次。他最出名的自然是「寅次郎系列」。我常覺得他的排名太高，這當然是「日本的特殊品味」。或者我可先說幾點「寅次郎系列」的特色：

第一，溫情（sentimental）：這是「寅次郎系列」（Tora san series）內容上明顯的特色。溫情主義今天在評論界往往帶有貶意，但溫情在寅次郎系列，特別指感情豐富和洋溢同情心，在此處是說明，不是鑒別。加上寅次郎系列的溫情恆常以喜劇或嘲弄方式來框架，有所平衡，不致由溫情淪為純「催淚」。相對而言，山田的《幸福黃手絹》及《遠山呼喚》（一九八〇）就不免催淚之嫌。

第二，哀愁：全系列的電影經常在哭聲過後，有嚴肅的一刻，帶出人生觀察，直指人生的無可奈何，以一絲哀愁加深全劇力量。

第三，懷舊（nostalgia）：寅次郎系列呈現的其實是舊時日本價值，是對「日本」（an old Japan）的「召喚」（appellation），文本深層滲透舊價值，也許這是急速現代化後的日本，對農業社會價值的眷戀，失去的變成值得懷念的，甚至通過寅次郎系列，轉化為神話。

Yamada Yōji

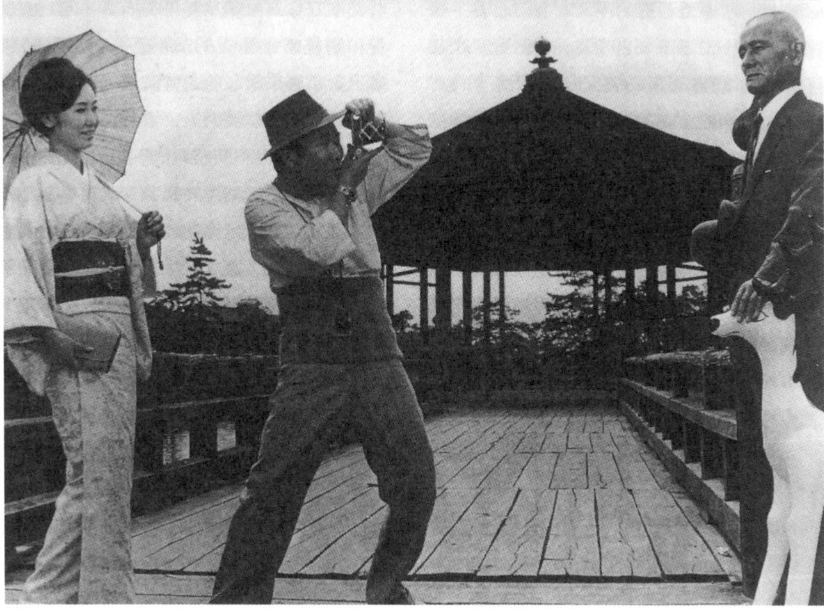

「寅次郎系列」

第四，與懷舊相關的正是家族式親情對個人的支援，也是現代化後日本逐漸失落的。

第五，通過寅次郎的漫遊，日本的城鄉距離成為母題（motif），例如：山田洋次在一九九一年所拍的《兒子》。

第六，寅次郎的漫遊，也有「公路電影」（road movie）的影子。

第七，寅次郎系列是日本庶民劇的電影延續。

關於寅次郎系列，或須請舒明多談一些。我相信在華人社會中，看過這系列的人，沒有比他看得更多了。

舒明

山田洋次出生於一九三一年九月十三日，一九五四年考進松竹公司為助導，一九六一年執導《二樓的陌生人》，拍片至今不輟，從業五十五年多，執導也有四十九年，最新作品是《母親》（二〇〇八）。就寅次郎系列而言，總共四十八集，由他作導演的有四十六集，因為早年公司趕著推出第三、四兩集，他分身不暇，改由森崎東及小林俊一執導。寅次郎系列原為電視劇，劇中最後寅次郎在沖繩死於毒蛇之口，後來很多觀眾抗議，認為寅次郎不應該死，公司遂決定投資拍電影，怎料第一部即大收旺場，公司立即趕製第二部，結果拍完一部又一部。寅次郎系列基本上是一年拍兩部，通常是賀節片，上映時間除了十二月底與新春外，就是七月的盂蘭盆會。由於這系列的觀眾對象並不限於東京、大阪等年輕人，而是面對全國廣大的市場，特別在鄉村、市鎮裡，上了年紀的人很喜歡看這系列，有些人甚至一年只看兩次電影，看的就是這兩部「寅次郎」。因此，山田洋次每一年裡皆忙於開拍這兩部戲。

山田洋次在訪問中也坦言，自知這系列電影的藝術性不高，但因票房甚佳，他也可藉機爭取拍一些沒那麼公式化的電影，例如《幸福黃手絹》和《遠山呼喚》，改由高倉健擔任主角。《幸福黃手絹》是高倉健演員生涯的一個轉捩點，令他成功轉型。《遠山呼喚》亦有美國導演喬治・史蒂芬斯（George Stevens）一九五三年傑作《原野奇俠》（*Shane*, 1953）的味道。

山田洋次在寅次郎系列之前，也拍過自己喜歡的時裝片，不完全是寅次郎那種懷舊式的電影。寅次郎的故事和人物，只是日本早期的社會實況，在現實社會中早已不存在。一九七〇年的《家族》、一九七二年的《故鄉》和一九七五年的《同胞》，全都是他的精心佳作。《家族》是移民的故事，描述南部的家庭因失業移居北海道，開始新生活。當年日本剛好舉辦世界博覽會，他順道取實景拍攝，極切合時代實況，兼有敏銳社會觸角。

近十多年來，山田洋次也有不少精彩的作品。一九九一年的《兒子》，值得大力推薦。到了一九九五年，寅次郎系列拍到第四十八集，因主角渥美清（一九二八—一九九六）去世，此系列無法繼續下去。山田洋次也另謀出路，拍過兩類電影，一類以教育為題材，另一系列是描寫電影人。

就教育題材來說，一九九三年的《學校I》講述夜校的學生，此時寅次郎系列仍未完結。一九九六年他所拍的《學校II》，講述特殊學校的情況，關注智障人士的教育問題。一九九八年的《學校III》則講述失業中年人，為了重新投入社會，必須再上課受訓，希望可找到新工作。二〇〇〇年的《學校IV》，題目加上「十五才」字眼，即「十五歲」的意思，探討逃學少年各種不上課的原因，例如給人欺負、失去學習興趣、家庭問題等。這四部電影都有強烈的社會性，可見他用心良苦。

Yamada Yōji

第二個系列是在一九九六、一九九七年的兩部《摘彩虹的男人》，主角原型有點像一九八九年義大利名片《新天堂樂園》（香港譯名《星光伴我心》*Cinema Paradiso*）裡的放映師，熱愛電影，但無論如何努力都難以維生。主角雖然無奈，面對的卻是「the last picture show」的命運。唯兩片不太成功，故此系列也很快結束。

山田洋次只好另找出路，結果一口氣拍了三部古裝片：二〇〇二年《黃昏清兵衛》、二〇〇四年《隱劍鬼爪》和二〇〇六年《武士的一分》。這是他生平第一次開拍古裝片，三片均改編自藤澤周平（一九二七－一九九七）的小說。藤澤周平專以低下層武士的悲慘生活為題材，文筆優秀，他從前不肯出讓小說版權，後來才肯把版權賣給電視台和電影公司。他的小說一共改編成四部電影，其中山田洋次佔了三部，另一部《蟬時雨》（二〇〇五），由黑土三男（一九四七－）執導。山田洋次的《黃昏清兵衛》一放映，即大受讚賞。此片根據原著小說的精神，表達出武士要面對的是生活、家庭，以致「如何活下去」的問題，而不是日本電影中武士好勇鬥狠的一貫形象。《隱劍鬼爪》進一步指出，在幕末時代，刀劍已落伍，武士要面對如何重新學習槍炮的難題。全片把他們當時的環境、困境，發揮得淋漓盡致，角色細膩感人。在形式上，山田洋次累積了半世紀的功力，電影手法爐火純青。無疑令《黃昏清兵衛》，甚至《隱劍鬼爪》達到傑作的水準。

《黃昏清兵衛》2002

松竹／製作
藤澤周平／原著
山田洋次、朝間義隆／腳本
宮澤理惠、真田廣之、
大杉漣、吹越滿、
伊藤末希／演員
129分／彩色

鄭樹森

山田洋次在世紀之初的「武士三部曲」，對軍國主義、武士的批判，剛好與小林正樹名作《切腹》大相徑庭，更莫說其他淪為打鬥場面的那些武士片。他不像小林正樹那樣尖銳，而是以日常生活經營訊息，很自然、不刻意。小林正樹一開場即見其意圖宏大。故這三部曲在日本武士類型片中，極具意義。

就「武士三部曲」而言，《黃昏清兵衛》肯定是傑作，唯《隱劍鬼爪》雖屬佳作，但又不到傑作的水準，主要是新意略減。《武士的一分》（武士的尊嚴）在三部曲裡比前兩部遜色，但仍是佳作。

最後想一提的是一九九一年的《兒子》，此片是山田洋次的傑作。全片主要有以下幾點獨特之處：

第一，寫老年人勞碌一生後的落寞，表面看來和小津《東京物語》主題接近，有小津珠玉在前；但是，細想之下，《兒子》卻是《楢山節考》故事的一九九〇年代初電影新版，而且是男性版，蹊徑另闢。

第二，此片同時也寫日本小說、社會、政治上常觸及的城市與農村的對立面。

第三，又以平常、自然、不著痕跡的手法，讓觀眾看到日式資本主義苦痛的一面。但全片的重點不是批判，而是將大家都熟知的，以不同細節有機地、生活地流露。對外國觀眾來說，會發現日本城、鄉的平常人的平常生活。細節豐富，人物生動，不會流於說教。訊息有力而不刻意，是本片成功之處。

整體而言，山田洋次的傑作有《兒子》、《黃昏清兵衛》。至於寅次郎系列數量甚多，或

Yamada Yōji

《隱劍鬼爪》2004

「隱劍鬼爪」
製作委員會／製作
藤澤周平／原著
山田洋次、朝間義隆／腳本
永瀨正敏、松隆子、
小澤征悅、吉岡秀隆、
田畑智子／演員
131分／彩色

可算為兩部。

舒明 回到寅次郎系列，四十八部應該是世界上最長的電影系列。

鄭樹森 從「系列」角度而言，寅次郎系列有三點特色：第一，山田洋次拍此系列，可謂「一部電影救了整間片廠」，令松竹映畫可生存下去。其次，此系列數量之多，結果竟能自成一個類型。換言之，一個導演拍了一系列電影之後，電影本身又變成片種，這個意義已非比尋常；第三，此系列是日本庶民劇的延續。此外，全系列雖然沒有某一部特別突出或可單獨稱之為傑作，但合起來的影響力甚大，縱橫日本電影界，我相信在世界電影史的表現上也很獨特。由此來看，我們的確可以用「加權」（weighted）的方式，把寅次郎系列多加一部，視為兩部傑作。換言之，山田洋次一共有四部傑作。在寅次郎系列方面，你是否需要再補充一下？

舒明 除了「系列」形式值得注意之外，「寅次郎」這個角色的創造也很了不起。此系列創造了這個角色，足以代表日本的國民性。這個角色雖然有缺點，卻得到不少日本人的認同，懷舊之餘也為他們帶來歡樂。我完全同意你的看法，在質量上，全系列可等同兩部傑作。

《兒子》

Yamada Yōji

やまだようじ

鄭樹森　為了方便我們對談的讀者，如果要你在眾多寅次郎系列的電影中，推薦一、兩部代表作，令他們對此系列的特色有基本的認識和理解，你會選哪幾集給讀者看？

舒明　由山田洋次所拍的寅次郎系列已全部製成ＤＶＤ，一共四十六部。如果要在眾多片集中選一兩部推薦，我想或者可以留意系列中的女主角。因為此系列的其中一個特色，就是每一部都會安排一位女明星，擔任片中「女神」（madonna）的角色，她們通常是男性的戀愛對象，基本上每集的女神都不同。淺丘瑠璃子主演過四部寅次郎系列的電影，可算是演出次數最多的女明星，日本評論界對她亦很推崇。田中裕子在這系列中演過一集叫《戀愛專家》（一九八二）的，在這一集裡，女主角並非寅次郎的戀愛對象，寅次郎只是代另一位男主角作「紅娘」，試圖令男女主角有情人終成眷屬，飾演男主角的是澤田研二，最後全劇大團圓結局，以戲中的澤田研二和田中裕子結婚告終。事實上，寅次郎系列各集的故事大同小異，如果你喜歡那位女明星，自然較易留意片中的特色。田中裕子演過《阿信》，在亞洲極受歡迎，觀眾應該對她較為熟悉。

鄭樹森　我覺得特別完整而相當有概括性的是一九六九年《男人真命苦》（寅次郎系列第一集），全片包含了此系列常見的所有特色。另一部是一九七五年的《鴛鴦傘》（寅次郎系列第六集），今天重看這兩集也不會嫌其「過時」，仍有新鮮感。如果觀眾想在這個系列中選一些片子來看，不妨看這兩部。

舒明　從演員角度來看，此系列還有一獨特處。戲中寅次郎的妹妹「櫻」（Sakura），一直由倍賞千惠子（一九四一—）扮演，她二十八歲時開始演此角色，一直演到五十四歲。櫻婚後生下一子名滿男，此兒子由第二十七集《浪花之戀》（一九八一）起，改由吉岡秀隆（一九七〇—）飾演，他和影片一同成長，這在電影史上實在罕見。

鄭樹森

大概只有《哈利波特》（*Harry Potter*）差堪比擬。

山田洋次的傑作表

1—一九六九—一九九五「寅次郎」系列

2—一九六九—一九九五「寅次郎」系列（二）

3—一九九一《兒子》

4—二〇〇二《黃昏清兵衛》

Yamada Yōji

6

市川崑

いちかわ こん

一九一五—二〇〇八

Ichikawa Kon

1915年　出生於日本三重縣。

1948年　第一部執導的《花開》上映。最先在東寶卡通棚工作，後來成為助理導演，到了新東寶後任導演。一九五三年後又先後到過日活、大映公司。

1956年　拍攝《緬甸豎琴》，獲一九五六年威尼斯影展第一屆聖喬治奧獎（是年金獅獎從缺），揚名國際。

1958年　拍攝《炎上》，與次年的《野火》，備受國際矚目。

1959年　拍攝《鍵》，翌年獲坎城影展評審團特別獎。

1964年　拍攝紀錄片《東京世運會》。

1976年　七〇年代中完成橫溝正史的「金田一耕助」推理系列，以絢爛的畫面、緊湊的劇情備受歡迎。

2000年　八十四歲高齡，把往昔「日本電影四騎士」黑澤明、木下惠介、小林正樹和自己合寫的劇本《放蕩的平太》搬上銀幕。為第七十四部電影。

2006年　岩井俊二拍攝市川崑一生經歷的紀錄片《市川崑物語》。

2008年　肺炎病逝，享年九十二歲。

いちかわこん

鄭樹森

市川崑在八十年來《電影旬報》十大電影入選導演中排名第六。他入選次數十八次，榜首次數二次。市川崑的作品相當多，近八十部。個人認為他有幾個特色：

一、他可能是日本電影史上最偉大的改編日本文學的導演；我心目中他的傑作幾乎都是文學名著改編的。

二、他與夫人和田夏十長時期的緊密合作，令他有非常扎實的電影劇本基礎。和田夏十是成功的編劇家，備受肯定。但日本社會素以男性為中心，因此有不少人誤會和田夏十只不過是市川崑申請經費時用來「頂包」的閒角，此事也曾令和田生前甚不高興。事實上，市川崑的劇本往往需要由夫人來編寫、完成，例如他晚年改編谷崎潤一郎（一八八六—一九六五）的小說《細雪》，和田本已停止為他編劇，但最後還是需要由她來結尾，整部電影才得以順利完成。這種合作關係非常獨特，在日本以致世界電影史上均非常罕見。進一步而言，可能正因為和田夏十的文學出身，令這對電影合作夥伴，特別長於文學名著的改編。

三、在日本電影史上，市川崑有幾項技術突破：

（一）他三十年代就從事動畫創作；

（二）他導演、製作日本歷史上第一部彩色片；

（三）他是第一位運用「殘銀法」（silver retention）的日本導演。

雖然很少人提及市川崑在這幾方面的成就，但既然電影是一項工業，我們對於他在技術層

《細雪》1983

東寶／製作
谷崎潤一郎／原著
市川崑、日高真也／腳本
佐久間良子、岸惠子、吉永小百合、
古手川祐子、伊丹十三、石坂浩二／演員
140分／彩色

Ichikawa Kon

いちかわこん

面的突破，自然不能忽視。

四、比較有趣的是，市川崑整個電影生涯中的高潮與低潮，剛好與日本電影史在商業上的榮辱若合符節。市川崑有很多不同類型的作品，包括早期配合片廠的製作，後來又有些較迎合市場的作品，還試行過半獨立的包裝等。他的電影，可說見證了日本電影商業市場的興衰。

我心目中市川崑的傑作有八部：

1.《緬甸豎琴》，原作竹山道雄（一九五六）；2.《炎上》，原作三島由紀夫的《金閣寺》（一九五八）；3.《鍵》，原作谷崎潤一郎（一九五九）；4.《野火》，原作大岡昇平（一九五九）；5.《弟弟》，原作幸田文（一九六〇）；6.《雪之丞變化》，原作三上於菟吉的劇本（一九六三）；7.《細雪》，原作谷崎潤一郎（一九八三）；8.《東京世運會》，和田夏十編劇（一九六五）。

當然，一九五五年改編自夏目漱石（一八六七—一九一六）的《心》和一九六〇年原作山

《東京世運會》1965

松竹大船／製作
市川崑、和田夏十、
白坂依志夫／腳本
170分／彩色／紀錄片

崎豐子（一九二四年生，即《白色巨塔》的作者）的《少爺》或也可能列為傑作，但個人認為這兩部電影是佳作。至於你最近向我提起由市川崑完成的「四騎士」劇本《放蕩的平太》，同樣可以考慮。這劇本的命運頗曲折，本打算在「四騎士」時期開拍的，卻一直擱下來，直至二〇〇〇年才由他本人完成。基本上市川崑的電影很多，不少我們也沒有看過。例如：市川崑具商業取向的作品就有相當數量。他還拍過一些日本味道很重的電影，那類電影只有日本人才特別喜愛，要我們去欣賞確有難度，情況就像西方觀眾很難理解粵語戲曲片一樣。

舒明

在我們所選的八部市川崑傑作中，其中七部是文學改編的作品，一部是紀錄片。從「紀錄片」的類型來看，《東京世運會》甚有特色。此片運用大量的攝影機同時拍攝，交叉互照，避開此類型電影一般強調的運動之美、雄壯之力、陽剛之氣，回歸到比較人性的一面。當世界公演時，此片的取向在一般觀眾預期之外，大家才再次驚覺紀錄片原來可以具有如此強烈的導演個人風格。

市川崑在一九一五年十一月二十日出生，死於二〇〇八年二月十三日，現存最早的作品是一九四五年的《娘道成寺》，屬傀儡戲短片，戰後遭美國沒收，後來才重見天日。

Ichikawa Kon

《炎上》1958

大映京都／製作
三島由紀夫／原著
市川雷藏／演員
99分／黑白

いちかわ こん

《野火》

《雪之丞變化》

市川崑一共拍了七十八部電影，其中《歸來的紋次郎》（一九九四）本來是為電視而拍的。為電視而拍的作品，假如在電影院再放映，日本評論界一般都當作電影計。如沒有在劇場再公開放映的話，則不能算作電影。日本的年輕導演，多同時為電視拍片。黑澤明、小津因年代早，才沒有這樣做。順帶一提，木下惠介有一段時間離開電影界，專拍電視劇，甚至自己有一個「木下惠介劇場」的電視節目，在香港亦曾放映。

市川崑早期拍過各式各樣的電影，包括荒誕喜劇，像《糊塗先生》（一九五三），都很好看，視覺效果極為出色。市川崑經營影像獨樹一幟，給人印象很美，這是他跟其他導演不同的地方。《細雪》無論在女角攝影、景色及服裝等，都非常華麗。

我約看過他三十四部電影，五十年代是市川崑的黃金時代，其中的代表作是《緬甸豎琴》，屬於溫情戰爭片。全片講述戰爭結束時一隊日本士兵流落緬甸，其中主角決定離開軍隊，不再跟隨戰友返回日本，而要在異鄉埋葬死去的日本同袍。最後他終於披上袈裟，流落當地。原作本屬兒童故事，內容相當溫情，作者竹山道雄（一九〇三－一九八四）沒有去過緬甸，拍成電影後，卻有別於一般戰爭片。市川崑拍該片時，也沒有機會去緬甸取景，只能假造緬甸風光。八十年代他有機會用彩色重拍一次，是在泰國拍攝的《新緬甸豎琴》（一九八五）。不過，兩相比較之下，傑作仍是舊的一部，新的頂多只是佳作。

《野火》1959

大映東京／製作
大岡昇平／原著
和田夏十／腳本
船越英二、瀧澤修、
米基・卡齊斯／演員
105分／彩色

Ichikawa Kon

いちかわこん

《緬甸豎琴》1956

日活／製作
竹山道雄／原著
和田夏十／腳本
中井貴一、石坂浩二、川谷拓三、渡邊篤／演員
116分／黑白

市川崑在《緬甸豎琴》之後，另一部傑出的戰爭片是《野火》。此片講述日軍在菲律賓戰敗前一刻，受傷、逃亡，甚至吃人肉（cannibalism），風格冷峻，在影像處理上嘆為觀止。《緬甸豎琴》與《野火》兩部戰爭片，一暖一冷，都是傑作。

正如你所說，《炎上》、《雪之丞變化》、《細雪》和《東京世運會》都是傑作。我唯一有保留的是《鍵》。此片我曾看過三次，最近再多看一次，全片雖然拍得很出色，但仍有值得商榷之處。片中早段交代四個人物乘電車回家後的情景，先來一個凝鏡（freeze shot），出其不意，非常突出，但後半部略遜色，也改寫了原著的結局，變為家中年老女僕人在男主人去世後，因不喜歡餘下三人（母親、女兒和準女婿），遂在食物中下毒，令三人中毒身亡。我覺得這樣的結尾，在劇情推展上不是最好的，故認為這部電影達不到傑作之水準。

假如要另補上一部傑作的話，我認為可選一九六二年的《破戒》（原作島崎藤村，一八七二—一九四三），是關於一名青年隱藏自己為部落人民身分的故事。原作是文學名著，木下惠介也曾改編過。無論從原著精神、表現手法、演員等角度來看，此片的處理方式異常成功。

Ichikawa Kon

鄭樹森　有些導演坦言不喜歡市川崑，例如大島渚就認為市川崑不過是一個「illustrator」，沒有創作心靈，徒有點鐵成金的技術，就藝術家而言，是「匠」而不是藝術創作者。大島渚認為市川崑徒以影像說明文學的文字，即只把文學圖象化。

舒明　他正是這個意思。

鄭樹森　雖然市川崑不少作品，有時甚至可稱為劣作，但值得留意的是，市川崑的作品為數甚多，加上曾在片廠工作，從二十世紀三十年代開始，直至二〇〇六年為止，仍在拍電影，他需要顧及票房，也與日本電影工業及商業成長榮辱互見，自然會有水準之下的作品，倘若因此而忽略了他在文學改編上的成就，並不公平。事實上，回頭細看，他的電影有個人風格，他對改編作品的重寫，以及如何妥貼運用影像表達原作面貌和精神，確曾深思熟慮，不應如此輕易就把他「矮化」。對於市川崑的傑作，你一共選了幾部？

舒明　八部。其中七部相同，一部不同，我用《破戒》代替你選的《鍵》。

鄭樹森　換言之，我們各人所選的總數仍然沒變。

舒明　最後，我還想解釋一下市川崑所用的「殘銀法」。簡單來說，「殘銀法」即是把彩色片拍得像黑白片一樣。「殘銀法」是在正片顯像時，保留若干銀粒子，以抑止彩色的顯現。市川崑在《弟弟》中曾用此技巧。當然，這與他創作隊伍中有優秀的攝影師有關。例如：《炎上》中金閣寺被燒一幕，實在令人印象難忘，片中的火焰極具影像的震懾性。假如要分析市川崑的視覺風格的話，就必定要提到一九六三年的《雪之丞變化》。

いちかわ こん

鄭樹森

《雪之丞變化》的劇本非常通俗，主角是江戶時代一個「男扮女裝」的演員，本為富家子弟，其父遭人殺害，結果衍生成一個復仇故事。此片在當年日本的評價並不高，後來在英國才大受激賞。英國電影協會（British Film Institute，簡稱ＢＦＩ）出版過一套叢書，以一本小書介紹一部電影，每書約八十頁左右，其中一本就是關於《雪之丞變化》。英國評論界對該片的推崇，主要是基於其形式和視覺上的突出表現。

引申而言，我們很難說市川崑有一個持續、貫串的視覺風格，但我覺得在他較為傑出的文學改編電影中，他最成功之處就是能因應作品的題材、表現方式而尋求一種視覺風格，嘗試恰當地呈現文字本身所要追尋的效果。由一九五六年的《緬甸豎琴》到一九八三年的《細雪》，都是風格殊異的影片。《細雪》的華麗、《緬甸豎琴》的冷峻等，均截然不同。還有「殘銀法」、反差燈光等技巧，他可以用在其他電影上，卻沒有出現在《細雪》中，因為小說題材、小說所建構的世界，都不容許用這些技巧。從這個角度來看，市川崑本身很難說有一特殊的「個人風格」。不過，從另一方面來看，這正是他的獨到之處。對於電影導演來說，形式固然重要，但我們也不應只是單一追求他在形式上的表現。像市川崑那樣，能因應改編作品的內容而改變其視覺風格，已相當難得，好像唱歌劇的能唱出不同曲式一樣，並不容易。

《雪之丞變化》1963

大映京都／製作
三上於菟吉／原著
伊藤大輔、衣笠貞之助／腳本
長谷川一夫、山本富士子、若尾文子、市川雷藏／演員
114分／彩色

市川崑的傑作表

1—一九五六《緬甸豎琴》
2—一九五八《炎上》
3—一九五九《野火》
4—一九六〇《弟弟》
5—一九六三《雪之丞變化》
6—一九六五《東京世運會》
7—一九八三《細雪》
8—一九五九《鍵》（鄭），一九六二《破戒》（舒）

Ichikawa Kon

7

山本薩夫

やまもとさつお

一九一〇—一九八三

《野麥峽的哀愁》

Yamamoto Satsuo

樹森

山本薩夫在八十年來《電影旬報》十大電影入選導演中名列第七。他是四平八穩的導演，就個人而言，實在很難欣賞他。他能把故事說清楚，電影有基本水準，但沒有一部是傑作。究竟有沒有佳作也頗成疑問。

舒明

山本薩夫是成瀨巳喜男的助導，生於一九一〇年七月十五日，死於一九八三年八月十一日，一九三七年已任導演，最後的作品是《野麥峽新綠篇》（一九八二）。他的電影有兩個特點：一是社會性強，二是擅於處理人物眾多的故事，能把複雜的故事，條理分明地交代劇情。他為人所熟悉的作品是《白色巨塔》（一九六六），近年由日本電視台重拍，暴露醫學界的腐敗和爭名奪利。另一部是《華麗家族》（一九七四），二〇〇七年日本也重拍電視劇，主角是木村拓哉和鈴木京香，這一次還拉隊遠赴上海，重拍六十年代日本的城市實景。他最好的作品也只屬佳作，但不是傑作。日本評論界一般最推崇他改編自野間宏（一九一五—一九九一）小說的《真空地帶》（一九五二），可惜我沒有機會看到。

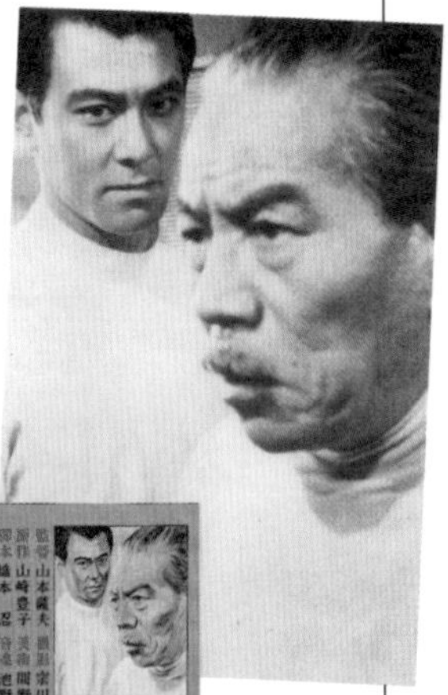

《白色巨塔》1966

大映／製作
山崎豐子／原著
橋本忍／腳本
田宮二郎、東野英治郎、小澤榮太郎、加藤嘉／演員
150分／黑白

8

今村昌平

いまむらしょうへい

一九二六—二〇〇六

Imamura Shohei

1926年　九月十五日出生於東京醫生家庭。

1946年　進入早稻田大學西洋史學科學習。

1951年　進入松竹電影公司擔任助理導演。一九五四年轉投日活電影公司，與川島雄三合作拍片。

1958年　升為正式導演，第一部作品是《被盜的情慾》，引起關注。

1960年　拍攝《豚與軍艦》，集合橫須賀市內近一千頭豬來拍攝。企圖心極大，為了開拍心目中的題材，常常不惜傾家蕩產。

1963年　《日本昆蟲記》為其自編自導的重要影片，獲得當年日本十大影片第一名。榮獲最佳編劇、最佳導演。

1968年　在《諸神的深慾》中，以小船繞遍沖繩南方諸島拍攝，故事類似古代神話。

1983年　代表作之一《楢山節考》從著手建造村莊到收穫，甚至於烏鴉飼養，拍攝經年。榮獲坎城國際電影節最高榮譽金棕櫚獎。

1997年　年過七旬，仍以描寫刑滿出獄者心路歷程的影片《鰻魚》再度獲得金棕櫚獎，成為少數兩度獲得坎城大獎的電影導演。

2006年　肝癌病逝，享年七十九歲。

いまむらしょうへい

鄭樹森

今村昌平在《電影旬報》中排第八位，入選次數十五次，榜首次數達五次。或者先說出我心目中今村昌平的傑作，計有：《豚與軍艦》（一九六一）、《日本昆蟲記》（一九六三）、《赤色殺意》（一九六四）、《我要復仇》（一九七九）、《楢山節考》（一九八三）和《肝臟大夫》（一九九八），一共六部。我認為《人間蒸發》（一九六七）和《人類學入門》（一九六六）都是比較偏鋒，應為佳作。

比較意外的是，現在大家在ＤＶＤ才可看到的《亂世浮生》（一九八一），是今村當年的力作。他希望製作一部俗稱「史詩」的電影，過程曲折艱辛，最後花盡九牛二虎之力才拍成，如今看來卻令人失望。此片因為今村昌平駕御不力，以至尾大不掉。《亂世浮生》可見導演企圖心極大，立意宏大，費盡全力，甚至不惜賠上健康與金錢，乃當時大眾期待的作品，但從觀影的角度而言，我們只能理解導演的苦心，電影卻實在不理想，很難「過度同情」。《亂世浮生》甚至難入佳作之列，最多只屬水準之上的作品。我之所以特別提出《亂世浮生》，因為此片在日本討論甚多，西方亦有人注意，故在此略為一談。

舒明

今村昌平出生於一九二六年九月十五日，二〇〇六年五月三十日去世，一九五八年第一回

《楢山節考》1983

東映／製作
深澤七郎／原著
今村昌平／腳本
緒形拳、坂本澄子、阿木竹城、
左富平／演員
130分／彩色

執導《被盜的情慾》。一九四五年日本戰敗投降，他剛好十九歲，屬於戰亂時期中艱苦成長的一代。雖然他的父親是醫生，不是貧民，卻因時代使然，在大學讀書時期，已喜歡接觸低下層，與做黑市買賣等市井人物混得很熟。他的創作與個人經歷關係密切，例如：《豚與軍艦》、《日本昆蟲記》等，都是表達日本人如何求生，甚至不擇手段也要努力活下去，拍得很出色。

在傑作方面，我的意見與你大部分相同，只有一部不同，就是《諸神的深慾》（一九六八）。此片我看過兩次，認為是傑作之選。《諸神的深慾》在沖繩島嶼拍攝，故事類近古代的神話，全片甚長，也花了不少人力物力。事實上，今村為了開拍心目中的題材，往往不惜變賣家業，傾家蕩產，投資拍片賣座與否對他的經濟影響很大。有一段時期，他因生計問題，不拍電影，開設電影學校。這間電影學校培育過一些人材，在日本電影史上，貢獻相當大。例如三池崇史（一九六〇—），電影產量相當多，頗受外國吹捧，就是該校的畢業生。另外，二〇〇六年《電影旬報》十大第一的電影《草裙娃娃呼啦啦》，該片的日本韓裔導演李相日（一九七四—），也畢業於該校。

《諸神的深慾》1968

日活／製作
長谷部慶次、今村昌平／腳本
加籐嘉、北村和夫、河原崎長一郎、三國連太郎／演員
175分／彩色

Imamura Shohei

いまむらしょうへい

在七十年代，今村昌平曾經有九年沒拍電影，改為電視台拍紀錄片，追查流落東南亞各地的慰安婦、日本士兵等，復出後於一九七九拍成《我要復仇》、一九八三年有《楢山節考》。至於一九九八年的《肝臟大夫》，我認為只屬佳作，未達傑作的標準。換言之，在今村的傑作上，我們有一部不同：我選了《諸神的深慾》，而你的是《肝臟大夫》。

鄭樹森 我們各人均選了六部傑作。

在題材方面，今村昌平一貫的電影題材，是發掘下層社會的真面貌，尤其擅寫女性的困境，例如《日本昆蟲記》和《赤色殺意》等。在他逝世之後，我曾重新審視他全部的創作，對他作過些總結的評價。

舒明 我認為，今村昌平的電影，主要是對日本農村社會和近代都市作一歷史性的審視，尤其透過下層社會，以女性角色的刻劃，對日本國民性加以精確的剖析。從一八六六年幕府時代江戶庶民的亂世浮生，經二十世紀初日本對外擴張時，一個名叫村岡伊平治（一八六七－

《我要復仇》1979

松竹／製作
佐木隆三／原著
今村昌平／腳本
緒形拳、小川真由美、三國連太郎、倍賞美津子、清川虹子／演員
140分／彩色

一九四二）的「女衒」（販賣婦女者）在香港、中國和東南亞的營商活動，以及因日本發動戰爭引致的原爆「黑雨」悲劇，到戰後六十年代絕望、虛無《我要復仇》式的連環凶殺，下迄泡沫經濟後白領失業漢的流離失所，前後涵蓋日本達一百多年的動盪歷史，從信州貧苦農村的捨老風俗（《楢山節考》），以及瀨戶內海戰爭末期《肝臟大夫》的專心研究醫術，經過五十年代橫須賀《豚與軍艦》裡的少女賣春，以及六十年代東京大都市內複雜的《人間蒸發》，到九十年代能登半島令人匪夷所思的《赤橋下的暖流》，視野的宏大與探索的深刻，在戰後與當代的導演均罕有其匹。

另一方面，今村昌平因強調人的性慾和食慾本能，他影片的題材有賣春、強暴、殺嬰、偷窺、凶殺，甚至弒父和近親相姦的情節，因此，不少人對他的電影題材不予認同、不欲觀看，亦認為他走錯路線。

今村昌平初入電影界時，是在松竹公司工作，曾經擔任小津安二郎的助導，在《東京物語》任第三助導。他後來自己寫劇本、拍電影時，小津安二郎、野田高梧等對今村選擇拍攝如腐肉蛆蟲般令人噁心的題材，頗有異議。當時今村對於老師們的看法，同樣很抗拒，

《肝臟大夫》1998

東映／製作
坂口安吾／原著
今村昌平、天願大介／腳本
柄本明、麻生久美子、
松坂慶子、雅克．甘布林、
清水美砂／演員
129分／彩色

Imamura Shohei

いまむらしょうへい

反倒加強他日後拍攝這類題材的決心。事實上，拍這類題材的確無人能出其右，這是他的長處，同時也是他為人詬病的地方。

鄭樹森

舒明對今村昌平這個「蓋棺定論」，亦是我們多次討論之後的共識。此外，我們還認為今村是一個「偏鋒」導演，題材偏鋒，處理手法亦然。

舒明

說到「偏鋒」，我記起一個意外收穫。二〇〇七年七月八日星期日，我身在東京，晚上收看NHK第三台，剛好播出一部今村昌平的紀錄片，其中收錄了美國大導演馬汀．史柯西斯（Martin Scorsese）讚揚今村昌平及其電影的訪問片段。這段訪問大概是今村昌平的學生越洋訪問史柯西斯而來的。在訪問中，史柯西斯透露自己一九六三年在大學讀電影期間，第一次看到今村昌平的《日本昆蟲記》，大為震驚，仿如直透其心。原來他在美國紐約出生，自少住在貧民區，父親是義大利移民，當時他見到所住的社區充滿罪惡，自感實在需要艱苦奮鬥，才可以脫離困境，而他也常常提醒自己，必須自強不息。今村昌平所拍的《日本昆蟲記》，引起他極大的共鳴。還有的是《豚與軍艦》。此片講述美國統治日本後，美軍進駐橫須賀港口，女主角誓要脫離賣春等惡劣困境。當時史柯西斯對日本全無認識，唯此片同樣令他深有同感。

此外，他很欣賞今村昌平的電影手法。在《日本昆蟲記》裡，左幸子所飾演的妓女，被帶返警局問話。離開警局後，她走到河邊，突然唱起歌來，此時今村昌平用了一個凝鏡，把整個畫面「freeze」起來。馬汀．史柯西斯謂，很多導演都會用凝鏡，法國新浪潮電影的導演等如楚浮（Francois Truffaut），在《四百擊》（*The 400 Blows*）結尾就用了凝鏡，但他認為這個凝鏡的意義及手法，與今村昌平完全不同。今村昌平的凝鏡非常配合劇情，表現手法也相當獨特。《楢山節考》探討如何解決老人問題，馬汀．史柯西斯認為這部電影對現今社會仍有參考價值。他還特別提及其中一幕，就是當兒子把母親背上山時，兒子感到難

Imamura Shohei

この女…でも、可愛いくて仕様がないのだ！「からだ」の不思議を描く話題大
にっぽん
昆虫記
日活

《日本昆蟲記》

捨，半途中突然來一個鏡頭，呈現兒子精神崩潰，大哭起來，無法繼續走下去。馬汀・史柯西斯雖然身處當代的美國，時空不同，但看到這一幕時，仍不禁大受感動。還有《赤色殺意》、《人間蒸發》、《我要復仇》等，他都極為欣賞。他認為，今村昌平探討的是人性是甚麼？究竟人是什麼東西？當然，馬汀・史柯西斯的電影題材也有很多暴力，兩人的口味，充滿「暗合」的地方。

鄭樹森　的確是這樣。馬汀・史柯西斯可能覺得今村昌平拍了一些他也想拍的電影。史柯西斯所拍的《計程車司機》（*Taxi Driver*）等，就與今村昌平《我要復仇》很接近。另史柯西斯的《狂牛》（*Raging Bull*）等，這些戲全是把「人」放在人、獸之間的邊際，人已到了人、禽之間的臨界點。他一看今村昌平的作品，大概就有「深得我心」之意。

舒明　正所謂「先鞭早著」。

鄭樹森　因此，從理論層面來說，評論者對作家的讚賞，往往出現「詮釋的循環」（hermeneutic circle）。評論者的假設、想法以至創作上的構思，假如在客體對象上能呈現出來的話，就會產生這種「深得我心」的共鳴。有時評論者的讚揚不過是講出自己心裡的執著。你在二〇〇七年東京國際書展期間，無意中看到這部紀錄片中馬汀・史柯西斯的訪問，得悉西方當前如此重要的導演這樣詮釋今村昌平，的確是一大收穫。

今村昌平的傑作表

1——一九六一《豚與軍艦》
2——一九六三《日本昆蟲記》
3——一九六四《赤色殺意》
4——一九六八《諸神的深慾》
5——一九七九《我要復仇》
6——一九八三《楢山節考》

Imamura Shohei

9

溝口健二

みぞぐちけんじ

一八九八—一九五六

Mizoguchi Kenji

1898年 出生於東京本鄉。

1920年 進入日活公司向島製片所擔任導演助理。

1923年 開始升任導演，處女作為《愛情復甦日》。

1936年 導演《浪華悲歌》和《祇園姊妹》，都是女性題材電影，自此開啟獨具風格的「女性電影」。年輕時被為娼的情婦從背後捅了一刀，多年後檢視身上的疤痕，向人說：「因為它，我才知道如何描繪女人。」

1939年 轉入松竹公司，拍攝《殘菊物語》。二戰期間擔任日本電影導演協會會長。

1952年 導演描寫妓女生涯的影片《西鶴一代女》，備受好評。榮獲威尼斯影展導演獎。

1953年 執導《雨月物語》，獲威尼斯影展銀獅獎。

1954年 《山椒大夫》榮獲威尼斯影展銀獅獎。

1956年 拍攝最後一部影片《赤線地帶》後，於八月因白血病卒於京都。

みぞぐちけんじ

鄭樹森

溝口健二在八十年來《電影旬報》十大電影入選導演中排第八位。在我們討論的二十位導演中，如果從純粹外國的觀點來看，溝口健二也許最能代表日本人自己非常肯定的「傳統」（或稱為「古典」）：「美與虛空」——此處的用字，乃引述川端康成在諾貝爾文學獎得獎演講稿裡，將日本的「美」與「虛空」（即禪宗的無常）結合的說法。

用川端所言的「美與虛空」（無常）來概括溝口的作品，的確很貼切，他這一類型具傳統背景的作品，亦相當符合日本文論界和美學界長期以來討論的「幽玄（yugen）之美」，這當然是一個很大的題目，此次對談無法處理，在此提出來，聊備一格而已。

個人認為溝口的代表作有：《殘菊物語》（一九三九）、《西鶴一代女》（一九五二）、《阿遊小姐》（一九五一）、《雨月物語》（一九五三）、和《近松物語》（一九五四），皆表現日本「古典美」的一面。一九五四年的《山椒大夫》劇情較豐富，人物的悲慘命運令人難以一看再看，雖然全片形式上的精美一睹難忘。片中兩位女主角歷盡流放、沉淪、差辱，但堅忍不拔，在命運的絕對逆轉中，努力支撐，選擇渺茫的希望；而正是此一選擇（choice），令全片直臻「悲劇」（tragedy）層次，因為人物的選擇，令到原來是外力導致的人物命運的逆轉，自「melodrama」昇華為「悲劇」。（melodrama 中譯有傳奇劇、情節劇、通俗劇等，而與「悲劇」對比，甚至有價值高下之別。詳見鄭著二〇

《西鶴一代女》1952

新東寶／製作
依田義賢、溝口健二／腳本
田中絹代、山根壽子、
菅井一郎、三船敏郎、
宇野重吉／演員
148分／黑白

○五年洪範出版《電影類型與類型電影》之第五章）。

在溝口眾多傑作之中，個人印象最深刻的，倒不是那些深受好評的作品，而是《元祿忠臣藏前篇》（一九四一）及《元祿忠臣藏後篇》（一九四二），因為是放映時間才分成前後篇的關係，現在我們把此兩部電影一併觀之。

從世界電影史的角度來看，《元祿忠臣藏》前後篇有重要的貢獻。溝口健二的電影向以單鏡頭（long take）見稱，很有可能因此而備受法國影評界讚揚。因為法國電影理論大師安德烈．巴贊（André Bazin）一向認為，單鏡頭的一鏡到底，沒有剪接的拍攝，令到電影模擬的現實（mimetic reality），在詮釋上，比起大量剪接更為讓觀眾有自主的空間；又同時讓觀眾看到空間的全貌，及空間（背景或布景）與人物的互動（多透過深焦攝影「deep focus」），亦進一步為觀眾保留自主分析的可能；至於時空的呈現較為完整統一（time and space in a unity）自不在話下。巴贊提出這套見解的時候，溝口已在影片中落實。一九三九年的《殘菊物語》幾乎是一場一鏡的單鏡頭美學示範，終場前長達十分鐘（一整卷膠片）的單鏡，更是嘆為觀止。

一九四一年的《元祿忠臣藏》在單鏡頭方面的流麗，亦不遑多讓。而這部電影的單鏡頭結合日本民族建築特有風格，更構成獨一無二的空間感及影機運作（camera movement）。日本傳統大宅的中空石庭、繞庭走道、前廳、內廳等多重空間，除木製樑柱外，其他之分隔均用滑門（soshi），故全部拉開後可說是沒有固定牆壁，鏡頭運動從外到內、從內到外，游走自如，流暢中又與人物活動、完整背景（布景）結合成一體，深焦的配合更一併統攝前景、中景及背景。好幾場戲更利用這種較無區隔的空間，以極高的俯瞰角度緩慢下降，到達平視時再游動或重新拉高；個別場面又掌握日本式的局部空間分隔，如圓型大屏風或能劇（Noh）演出的前伸舞台，來布置鏡頭活動，均為世界影史上罕見之結合，既展示溝

みぞぐち けんじ

《元祿忠臣藏》

口的個人技藝，又呈現日本建築的國族特色。因為有此獨一無二之結合，全片特殊影像風格在溝口作品中亦難得一見。

忠臣藏的四十七武士復仇盡忠故事，日本家傳戶曉，日本電影界拍攝近百次，國外較為熟悉的祇有稻垣浩一九六二年由三船敏郎、原節子演出的版本（年輕觀眾也許看過木村拓哉飾演四十七人中一位死節青年武士的電視片），而復仇的大戰場面很自然是重心，並將故事推向動作片。溝口版本另一獨特之處，是復仇大戰以書信簡單敘述，暗場處理，十足「莎劇」做法，而長達四小時的故事均為文戲，甚至是心理戲，極有可能是唯一一部沒有打鬥的忠臣藏電影。

近完場前死士演唱古典能劇，是樂、舞、詩之結合，又是戲劇與儀典（赴死、就義）在現實生活中最原始之互動重疊（即文化人類學家Victor Turner所說的laminality）。而全片在快終結前又拖出一段愛情故事（過程倒敘出來），表面似「反高潮」，實際上是整個故事之最大平衡，以人間最尋常的情愛，來「人性化」這個過度傳誦而被刻板化成祇求死節

《元祿忠臣藏》（前篇、後篇）
1941,1942

松竹京都／製作
真山青果／原著
原健一郎、依田義賢／腳本
河原崎長十郎、中村翫右衛門、坂東調右衛門、河原崎國太郎、高峰三枝子／演員
112分／111分／黑白

Mizoguchi Kenji

的單薄的盡忠形象。儘管此片是日本戰時軍政府委交溝口的作品，主旨是宣揚武士道，想要為侵略戰爭敲邊鼓，但溝口最後的「人性」故事，未嘗不可視為「主旋律」中的「大走私」，且是一個發人深省的尾聲，類近音樂作品結束時相當獨立的一段樂章（即coda）。我相信，今天有機會重看這部片子的觀眾，在短短二十分鐘內，已可領略這方面的神采。假如把《元祿忠臣藏》的前後篇算作一部的話，我一共選了九部傑作。

舒明　《元祿忠臣藏》當年在日本評價很低，一九八四年美國的日本電影專家Keiko McDonald出版專著《溝口論》（*Mizoguchi*），指出此片在商業上是失敗之作，而在藝術上可算佳作（near masterpiece）。今次你說出它的獨特之處，可見仍有人懂得欣賞它。

鄭樹森　我們要為它平反。以前還有一個觀點，因為是「忠臣藏」，講的是武士為主公效忠，就認為全片發揚武士精神、教人忠心等，都是用來配合軍國主義的。這的確是軍國主義時期的電影，但又可以說這是「矇混過關」的電影。表現上講的是武士故事，但藝術上卻容許導演發揮得淋漓盡致，建構其個人風格。在非常陳舊的故事中，反而開出新意。批評這部電影宣傳軍國主義，並因而對它評價極低，是長期以來對該片的誤會。

舒明　我除了《阿遊小姐》之外，其他的全部都與你意見相同。溝口健二是我們討論的導演中，年紀最大的一位。他生於一八九八年五月十六日，一九五六年八月二十四日去世。他於一九二三年已開始拍默片，共有默片四十七部。正如小津安二郎一樣，溝口的很多默片都散佚了。戰後他改拍有聲電影，部分現在也找不到。從現存篇目來看，溝口一生共有電影九十二部，屬於較為多產的導演，這可能跟他早期拍了較多默片有關。

自從黑澤明《羅生門》在威尼斯獲獎後，歐洲人從一九五一年開始，對日本導演已有所認

Mizoguchi Kenji

《近松物語》

《哥麿五女人》1946

松竹京都／製作
依田義賢／腳本
坂東簑助、田中絹代、坂東好太郎、
川崎弘子、飯塚敏子／演員
95分／黑白

識。接著溝口在威尼斯榮獲兩屆的銀獅獎，令他的電影也揚名歐洲。尤其在法國，他的地位比黑澤明還要崇高，反而美國人則對黑澤明大力捧場。溝口電影的「幽玄之美」，法國文學界特別欣賞。一九六二年，在英國《視與聲》（*Sight and Sound*）每十年一次的全球影評人選「世界十大電影」中，《雨月物語》就曾經入選，位列第四，一九七二年亦再次上榜，名列第十。

與不少同期導演相似，溝口晚年的作品最具代表性，因為他們早年在電影公司工作時，無權選擇拍攝的題材，全由公司分配，甚麼也要拍。以溝口健二為例，他拍過偵探片、通俗劇、諷刺喜劇、表現派作品、軍國主義的電影、無產階級調子的片子，其中有些可能是被迫的，故這個時期的代表作不多。他電影的特色有三：

第一，擅於處理藝伎生涯與女性悲劇的題材。由田中絹代主演的溝口電影，即五十年代開始的《西鶴一代女》、《阿遊小姐》、《雨月物語》等，主要描述女人的愛情如何救贖男人的靈魂，這類主題乃溝口的獨得之祕。即如《近松物語》（一九五四）改編自近松門左衛門（一六五三—一七二五）的淨琉璃劇（即所謂傀儡戲），故事略有不同，但主題仍舊。全片講述造紙工廠內的一名僱員，本遭人冤枉，指他與女主人有染，最後二人卻真的雙雙墜入愛河，勇敢面向死亡。

第二，電影手法尤具日本文化特色。有人把他的電影比喻為日本卷軸的畫冊，須慢慢展開來看。溝口在表現這種文化特色時，於日本導演中，可算首屈一指。

第三，單鏡頭的運用。溝口是出名嚴謹的導演，他擅於拍單鏡頭，一個鏡頭可長達數分鐘。有時他為了拍俯瞰式的單鏡頭，一坐上吊機（crane），整天就不會再下來。溝口的鏡頭運用，與小津安二郎的剛好相反，小津所用的鏡頭，最高只是離地三尺。

溝口健二的電影名作，在香港大部分都可以找得到來看。假如有機會看他早年的作品，我們可能還會發現他更多的傑作。

鄭樹森 在早年作品中，近年復刻後在威尼斯影展公開的《愛怨峽》（一九三七）、《哥麿五女人》（一九四六）和《雪夫人繪圖》（一九五〇），這幾部電影你以為如何？屬於佳作還是水準作？

舒明 《哥麿五女人》頗有特色，講述版畫的歷史；《雪夫人繪圖》我仍沒有機會看到。

Mizoguchi Kenji

鄭樹森 我反倒覺得《愛怨峽》頗特別。《愛怨峽》的構思來自托爾斯泰的《復活》，電影也反映了當時日本電影界改編《復活》的熱潮；此片是否可視為《浪華悲歌》的延續？片中有《浪華悲歌》的餘緒。

舒明 《愛怨峽》講述被少爺拋棄的女僕人，帶著嬰兒浪跡天涯，歷盡艱苦重建自己的生活，最後成為母親、妻子及藝人。女主角山路文子在影片後半部的演技令人開眼，有傳聞謂她有一場戲在三天內被溝口排練近七百次。雖然，我看的《愛怨峽》那個版本（print）很差，效果可能打了折扣，但影片可算傑作。

鄭樹森 電影版本的確是關鍵所在。看了不理想的版本，猶如閱讀詩歌時看的是錯字連篇的版本一樣。

舒明 正是如此。

鄭樹森 你認為《阿遊小姐》僅屬佳作？

舒明 對。

《浪華悲歌》1936

松竹／製作
依田義賢　／腳本
山田五十鈴、梅村蓉子、
大倉千代子、大久保清子、
浅香新八郎／演員
89分／黑白

鄭樹森

那我也願意把《阿遊小姐》降為佳作。《元祿忠臣藏》前後篇算為一部，即溝口健二共有九部傑作。

溝口健二的傑作表

1——一九三六《浪華悲歌》
2——一九三六《祇園姊妹》
3——一九三七《愛怨峽》
4——一九三九《殘菊物語》
5——一九四一《元祿忠臣藏前篇》
一九四二《元祿忠臣藏後篇》
6——一九五二《西鶴一代女》
7——一九五三《雨月物語》
8——一九五四《山椒大夫》
9——一九五四《近松物語》

Mizoguchi Kenji

10

成瀨巳喜男

なるせ みきお

一九〇五—一九六九

1905年　出生於東京（今新宿區）貧困的刺繡工家庭，小時即喜歡文學。

1920年　十五歲時父親逝世，經由朋友幫助，進入松竹電影公司做道具管理員。後獲池田義信導演賞識，成為其助手。

1929年　擔任五所平之助的助手，成為松竹正式職員。

1930年　終於在工作了十年之後得到執導電影的機會，拍成處女作，鬧劇《武打夫婦》。

1933年　拍攝的《與君別離》與《每夜的夢》皆入選十大名片，晉身第一線導演。

1935年　加入草創時期的東寶公司，拍了有聲片處女作《三姊妹》。在東寶的第三部作品《願妻如薔薇》非常成功，被《電影旬報》評選為年度最佳電影。

1950年　接著十年在東寶執導一系列重要作品，其中有六部改編自女作家林芙美子的小說，描繪掙扎生存的生活，引起巨大共鳴。

1951年　隨著《銀座化妝》上映，成瀨走出藝術創作力衰退、較少創作的戰爭時期。

1960年　拍攝《女人踏上樓梯時》，類似銀座酒吧女主人的編年史。由最常與其合作的女演員高峰秀子扮演。

1967年　最後一部作品《亂雲》上市。

1969年　腸癌不治過世。

Naruse Mikio

映畫読本
成瀬巳喜男

透きとおるメロドラマの波光よ

●田中眞澄・阿部嘉昭・木全公彦・丹野達弥編

なるせみきお

鄭樹森

在八十年來《電影旬報》十大電影入選導演二十強中，成瀨巳喜男排名第十。他入選次數十六次，榜首次數是二次。成瀨的特色主要有三方面：

第一，在形式上，可分兩點來說：首先，敘事相當傳統，小節細膩但不雕鑿。成瀨擅用細節或具體意象（details or concrete images），例如衣飾、陳設等，營造出來的氣氛（atmosphere）自然流露，常收「內外合一」、客觀和主觀互為折射之效果。其次，他用鏡相當特別，個人風格明顯。大體上，他的用鏡和美國好萊塢那一套以推展劇情、便於觀眾欣賞的不同，例如在成瀨的電影中，人物對話甚少用「對位鏡」（shot counter-shot），往往左側、右側，或中間正面交代。在《山之音》（一九五四）更多次從人物背面來拍攝，而以中景、正前方全面框架來處理的鏡頭相當多；此外，各代表作人物的心理波動，全用特寫，非常罕見。他這種鏡頭風格，貫徹五、六十年代的代表作。

第二，在主題上，成瀨的代表作（包括改編川端康成同名小說的《山之音》）聚焦於眾女性之不幸，尤其是傳統、文化、社會裡「家父長制」（patriarchy）全面滲透下，女性之努力、掙扎、妥協，往往都以無奈、屈辱、痛苦、傷害告終。此外，其代表作中的女性相當多樣，計有自由戀愛的妻子（一九五一《飯》）、盡力挽救婚姻家庭的主婦（一九五四《山之音》）、銀座的高級「媽媽桑」（一九五六《流逝》、一九六〇《女人踏上樓梯時》）、努力維護自尊的謙順的老藝伎（一九五六《流逝》）、「人言可畏」而自絕愛情的寡婦（一九六四《情迷意亂》及一九六七《亂雲》）。

第三，至於類型方面，也有兩點值得注意。

其一是成瀨代表作全可歸為「女性電影」，亦即英語的「women's picture」。但同樣是「女性電影」，與美國頗不相同的是，成瀨電影情節不誇張，人物較平凡，低調而含蓄。這和道格拉斯．塞克（Douglas Sirk）的名作比較就很明顯；更不要說後來師承塞克的德國導演法斯賓達（Rainer Maria Fassbinder）。兩位西方名導這個類型的代表作都可用「excessive」，亦即「有點過火」來形容。

八十年代初期女性主義理論盛行，不少學者將之運用於文學、電影及文化現象的研究，引致對「家庭倫理劇」的討論及重新評價。Laura Mulvey 從女性主義立場來探討 family melodrama 的理論（見Laura Mulvey , *Visual and Other Pleasures*, Blomington：Indiana University Press, 1999），提出要 把這類片子獨立成為一個電影類型，並以題材為界定標準，她認為家庭倫理劇與女性、家庭及各種激情有關（the subject matter that defines the genre [is] associated above all with woman, the family, the home, passion, etc.）。其後有關這個類型的作品或塞克的電影都被重新發掘及討論（見鄭樹森：《電影類型與類型電影》，台北：洪範，二〇〇五，頁一二一）。如果要套用理論，英國女性主義電影家所界定的「family melodrama」，完全適用於成瀨的作品。

其二，成瀨代表作男主角大多數都很不堪、自我中心，往往給人猥瑣的感覺。例外的少數都是電影中較邊緣的人物，如《山之音》體貼媳婦的家翁，或《女人踏上樓梯時》暗戀

《山之音》1954

東寶／製作
川端康成／原著
水木洋子／腳本
原節子、上原謙、山村聰、
長岡輝子、杉葉子、
丹阿彌穀津子、中北千枝子／演員
95分／黑白

Naruse Mikio

なるせ みきお

「媽媽桑」的酒吧經理仲代達矢。唯一的例外是成瀨一九六七年遺作《亂雲》裡自責的加山雄三。不過，這個例外，也許緣於日本戰後片廠制（studio system）不容當日之東寶頭牌加山雄三作「壞蛋」。

總括而言，成瀨的成就有五項：

一、在世界電影史上，如此長期關注女性及其命運的電影導演，應屬僅見。

二、相對於西方女權運動、受女性主義啟迪的不少片子，成瀨的作品平靜、內斂，不抗議，不張口見喉，更不呼天搶地。

三、成瀨的片子張力十足，自然流露，毫不煽情。成瀨給觀眾的感受，大概不如小津靜謐，但舒明形容侯孝賢《珈琲時光》（二〇〇三）意境的兩句話「尋常街巷人影，舊時音樂書香」，其實也適用。

四、成瀨代表作的女性無一不面對挫折、悲哀、困境，但都進退有度，努力保持個人尊嚴。成瀨不單要觀眾同情這些女性角色，也要觀眾敬重她們。

《亂雲》1967

東寶／製作
山田信夫／腳本
加山雄三、司葉子、加東大介／演員
108分／彩色

五、成瀨刻劃女性的孤獨，尤其是《流逝》的山田五十鈴，堪稱世界影史上罕見。順便一提的是，這張片子的六位大女優（栗島澄子、杉村春子、田中絹代、山田五十鈴、高峰秀子、岡田茉莉子）代表日本近四代最傑出的女演員，也可說是空前絕後的群戲。

舒明

我認為成瀨電影還有三個特點：

其一，正如不少日本影評人指出，成瀨電影每當悲劇發生或劇情轉變的關鍵時刻，就會出現「颱風下雨」的場面。例如：他的名作《浮雲》（一九五五），由高峰秀子所飾演的女主角，跟隨男朋友去孤島。她身患重病，那晚天氣惡劣，狂風暴雨。

其二，成瀨喜從另外一個角度（高度約相當於二樓）反拍劇場中心的場景。此舉令他要構築一個特別設計的兩層高檯架，放置攝影機，才可如此「反拍」。舉例而言，他最後的作品《亂雲》曾有一場戲，講述男主角加山雄三與未婚妻在室內開窗，明示兩人感情發生變化，導演就是從大廈外面反拍這一幕。成瀨不少作品皆有運用這種拍攝方法。

其三，電影多描述年輕人遇上車禍、意外。《亂雲》是由兩場車禍組成中心劇情。第一場車禍發生在加山雄三飾演的男主角身上。他駕車撞死女主角司葉子的丈夫。後來兩人的關係卻由敵對漸變為戀愛，本可繼續發展感情，唯他們去旅館途中，又目擊第二場車禍。在這場車禍中，因一名男子受傷，遂改變了司葉子跟隨加山雄三的決定，她不能再義無反悔地與撞死前夫的人相戀。第二場車禍的處理相當特別，後來有人研究，這與成瀨的個人遭遇有關。成瀨自少失去父親，其父正是遇上車禍而傷重不治的，肇事司機卻不顧而去。成瀨從此畢生蒙上陰影，類似其父去世的片段，一而再出現於他電影的情節裡，造成片中人物的家庭悲劇。

Naruse Mikio

なるせ みきお

鄭樹森

至於成瀨長期被西方忽略的原因，大概有四：第一，其電影整體低調、含蓄；第二，成瀨的作品比較缺乏形式上的震撼性，其電影受注意與否，端賴劇情及演出，而片中多涉人情、世故，常因西方觀眾文化上的落差，易受忽略；第三，電影的觀影性往往較易令人難忘，但成瀨電影中沒有明顯突出的形式、突破、技法創新；第四，跟黑澤明相比，他的片子不夠「西方」；和小津比較，則又不夠「形式」。以上四點令成瀨長期受西方忽略，唯近年已有改善，得到相當大的「平反」。

舒明

西方評論者說成瀨的電影，基本上是通俗劇（melodrama），尤愛以女性為中心人物。成瀨在默片時代已拍過電影，早期是根據公司要求而拍的，故作品類型甚多，包括喜劇、家庭劇、通俗劇，甚至有些是兒童劇，亦有講傳統藝道的電影。他後來最受人推崇的則是庶民劇。小津安二郎及五所平之助都是精於庶民劇的。然而成瀨與小津的分別是，成瀨所描寫的人物通常較窮苦，經濟困難，常為錢財而擔憂，他完全不接觸中上家庭的問題，與小津並不相同。

鄭樹森

近年西方影評界大大平反成瀨，例如：

一、蘇珊・桑塔格（Susan Sontag）二〇〇四年去世之前，在美國組織日本電影大師回顧系

《放浪記》1962

東寶／製作
林芙美子／原著
井手俊郎、田中澄江／腳本
高峰秀子、田中絹代、
加東大介、仲谷昇、寶田明、
伊藤雄之助、加藤武／演員
123分／黑白

列，其中有一個單元是成瀨專題，當時她的健康已非常差，但仍以筆談方式發表意見，對成瀨推崇備至。她對成瀨的筆記及意見，現在網上（www.bostonphoenix.com）仍可讀到。這個回顧系列曾提及在英語世界，成瀨仍未廣為人知，令人訝異，這說明過去他們對成瀨的忽略。這次大師回顧系列，雖然包括黑澤明、溝口健二和小津安二郎等，但美國有六位影評論者都提到，最值得重視的是成瀨，因為前三者已為人熟悉，而日本大師如遺漏了成瀨的話，是重大缺失。以上資料均見於剛才提及的網頁，故不再重複。

二、在二〇〇六年出版「美國文庫版」（Library of America）《美國影評人代表作選》（*American Movie Critics: An Anthology from the Silents until Now*）的菲力普・洛佩特（Phillip Lopate）好幾年前發表過一篇文章，非常肯定成瀨的成就。他特別指出成瀨要在身後十五年才第一次在紐約藝術館有一次的大型回顧，並在美國九個城市的博物館巡迴放映，而在這個回顧展，成瀨是以「大師」（master）之名來推廣的。洛佩特指出，成瀨由於缺乏由國際電影節延伸而來的聲譽，比方說，像費里尼（Federico Fellini）、楚浮等的聲譽，若沒有那一次回顧展的推廣，對於美國觀眾，即使只是對於極少數到博物館看電影的影迷來說，也是不容易把成瀨「推銷」出去的。洛佩特這篇文章，收入其《完全地、溫柔地、悲劇地：與電影談了一輩子戀愛的文字》（*Totally, Tenderly, Tragically: Essays and Criticism from a Lifelong Love Affair with the Movies*）。

不知道我倆都心儀的影評人約翰・西蒙（John Simon）有沒有評論過成瀨？西蒙有一本專書，評論過歷來非英語世界的傑作。

那本影評集是*Something to Declare*（一九八三），有談論小津，卻未提及成瀨。我猜原因之一，是西蒙全力評論非英語電影的時間是六、七十年代，當時成瀨的電影仍未在外國放映，相信西蒙沒有機會看到他的作品。大概到了八十年代，美國有一位日本女電影專家

なるせ みきお

《女人踏上樓梯時》

Audie Bock曾在歐洲影展上，親自為成瀨電影回顧展編寫了一個法文的場刊，後來在紐約的成瀨回顧展，演變為簡短的英文版。近年西班牙巴塞隆納影展舉辦過成瀨的大型回顧展，並出版一冊近三百頁的雙語（西語、英語）場刊，由黑澤明寫序，收入蓮實重彥、山根貞男、吉田喜重、Audie Bock和其他西方影評人的文章，詳細分析成瀨的電影，蓮實重彥曾留學法國，研究法國文學，後為日本東京大學教授，退休時是東京大學校長。

鄭樹森

讓我們看看成瀨的傑作。我的排名依序是：《山之音》、《晚菊》、《流浪記》、《女人踏上樓梯時》、《放浪記》、《亂雲》。

舒明

成瀨電影集中表現女性不幸的遭遇，計有寡婦、不快樂的戀人、男女不可能的關係等。《亂雲》同樣以女主角為中心，但片中男女關係是一種「不可能的關係」（impossible relationship），是否比較牽強？較前的《情迷意亂》（一九六四）也是傑作。《情迷意亂》的主角是高峰秀子和加山雄三，全片有兩大特點：

第一，大背景講述女主角的丈夫在戰爭中死去，變成寡婦。戰後十多年以來，她在市鎮大街上經營一間雜貨店，努力維持夫家。其亡夫有一弟弟是大學畢業生，終日無所事事。這位弟弟原來一直暗戀寡嫂，最後禁不住向她表達愛意。後來兩人一起到達溫泉區，男主角

《女人踏上樓梯時》1960

東寶／製作
菊島隆三／腳本
高峰秀子、森雅之、
仲代達矢／演員
111分／黑白

Naruse Mikio

等待的正是寡婦會否接受他。在愛情之外，女主角要顧及的是那個年代的道德標準、兩個家庭的看法、世人的目光。

第二，本片值得注意的另一背景，是當時小鎮剛出現了超級市場。超級市場自然是現代化的標誌，貨品又比雜貨店便宜，這個小背景讓我們看到社會的變化。新興的經營方式代替舊有的家庭式經營，店主熟悉顧客的親切服務關係已遭時代淘汰。我在一九六八年第一次看時，已經覺得這樣的設計非常震撼，去年重看，感想依然。

這部電影以悲劇告終，女主角後來對夫家暗示鄉下已有意中人，但男主角仍死心不息，暗中追隨女主角，跟她坐同一部火車離去。其中一幕是女主角坐在車內，男主角本來坐在較遠的位置，後來越移越近，幾個鏡頭之後，兩人終於坐在一起。兩人抵達旅館後，女主角想了一整晚，還是決定拒絕男主角的愛意。怎料第二天早上，她卻見到有人給抬回旅館。原來昨天晚上，正當女主角思前想後之際，男主角在外借酒消愁，跌下山中，重傷不治。全劇最後一個特寫鏡頭，停在男主角的手指上，指上戴著的是女主角最近贈給他的紙指環。究竟男主角是自殺還是意外？沒有交代，耐人尋味。

此外，在成瀨的傑作中，我會多加一部默片《願妻如薔薇》（一九三五）（或譯《妻子啊！像薔薇那樣》）。本片在美國三十年代曾公開放映過，講述一位女兒的父親離開了詩人妻子，在鄉間另立家室。女兒本想修補生父和生母的惡劣關係，後她見到父親在鄉間的那位情婦，深感情婦能為父親帶來家庭溫暖，終於放棄之前的念頭。

剛才舒明提到《亂雲》的「不可能的關係」，略為「過火」（excessive），難以置信，這情況在女性電影和家庭倫理劇很普遍。塞克和法斯賓達處理這種題材時，也相當過火。例如塞克《地老天荒不了情》（*Magnificent Obsession*）更不可置信，由洛赫遜（Rock Hudson）

飾演的男主角，因為車禍導致珍．惠曼（Jane Wyman）飾演的女主角雙目失明，從此男主角立志學醫，希望令女主角重見光明；更莫說他的其他作品。相對而言，成瀨已頗約束。

西方有時將難以置信的狀況稱為狄更斯式的巧合，例如狄更斯（Charles Dickens）的《苦海孤雛》（*Oliver Twist*）、《大衛．考柏菲爾》（*David Copperfield*）等，常有這類巧合和突如其來的結局，包括小說結尾發現男主角與其他角色的種種淵源，家庭重新團聚，其他不為人知的事件曝光等；因此重點還看如何「處理」上。到底人生比藝術有時更巧合、更難以置信，而藝術作品也有亞里士多德式的「必然」與「或然」的辯證關係。

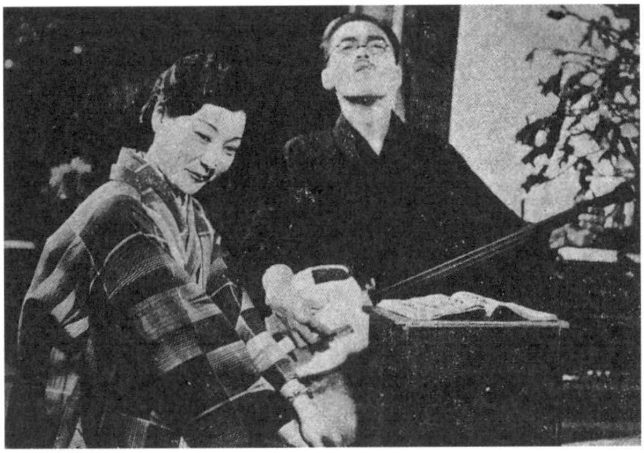

《願妻如薔薇》1935

東寶／製作
中野實／原著
成瀨巳喜男／腳本
千葉早智子、丸山定夫、伊藤智子、
堀越節子、藤原釜足／演員
74分／黑白

Naruse Mikio

なるせ みきお

舒明

倒是很高興提出《情迷意亂》，而且這麼肯定。這片祇看過一次，底片很差，但印象異常深刻。除了剛才提到的超級市場的崛起（標示戰後日本開始擺脫舊有工業時期經濟模式，踏入後工業消費經濟的第一步），成瀨繼續關注日本傳統意識形態籠罩下的日本女性。但這一回絕口不談「人言可畏」、「家父長制」，而特之轉化成完全無形的壓力（自始至終高峰秀子飾演的寡嫂沒有隻字片言說明為何不能接受小叔的愛情）；正因為無言，加山雄三飾演的小叔宣之於口的愛慕，構成強烈的張力，似比塞克的《苦雨戀春風》（*Written on the Wind*）更勝一籌。片末加山雄三的猝逝（而不是女主角），固是無可奈何的結局，更突出女主角的悲苦之餘，又見成瀨的同情。

說到女性電影和女主角等問題，成瀨電影的女主角非常重要，尤其是高峰秀子，兩人在二十五年內合作了十七部電影。自一九五一年《飯》開始，成瀨不少作品都是改編自名作家林芙美子（一九〇三—一九五一）的小說，甚至把她的自傳拍成一九六二年的《放浪記》，這些電影讓人百看不厭，大部分都是由高峰秀子主演。在電影史上，成瀨和高峰秀子的合作，可說是名導演和名演員之間非常精彩的配搭。

比較令人訝異的是成瀨導演演員的風格。原來他絕少與演員（包括高峰秀子）溝通的。高峰秀子對成瀨也頗為不滿。每當她請教成瀨如何演某一場戲時，他都不置可否，只是繼續拍下去。我們作觀眾的，總以為兩人如此合拍，必定是了解很深、溝通得很好，怎料真實情況卻完全是另一回事。

成瀨只靠攝影機捕捉演員和場景，對演員演成什麼樣子，竟可置之不理，但最後又可製成一部出色的作品，最大原因是劇本優秀。成瀨非常重視劇本，太長的會不斷刪改，演員也可按劇本發揮，成瀨因而不難剪出精彩的電影，其中七、八部還可以稱得上是傑作。

鄭樹森

一九五一年的《銀座化妝》及同年的《飯》，你是否認為也是重要的作品？是傑作還是佳作？

舒明

一般日本評論界的看法，成瀨有一長時間的「水準低落期」。換言之，由四十年代開始，他沒有拍過什麼好電影。直至一九五一年的《銀座化妝》，由田中絹代飾演媽媽桑，風格較合成瀨一向表現的手法，人物也令人很有印象。唯本片未算佳作，只屬水準作。

《飯》是第一次改編林芙美子的小說，由原節子和上原謙主演，講述一名妻子經自由戀愛而結婚，但幾年後與丈夫關係疏離。兩人吃早飯時，丈夫只顧看報紙，不理妻子。他們在大阪居住，後來丈夫的一名年輕姪女從東京而來，令兩人的家庭起了變化。妻子一怒之下，從大阪返回東京，自忖究竟除了作「不快樂的妻子」之外，有沒有另一條出路？她回娘家以後，其家人力勸她不要離開丈夫，而她身邊的舊同學，找工作也遇到不少困難。後來，她的丈夫出差到東京，兩人和好如初。最後，她好像願意繼續安守本分，樂於作其單調的家庭主婦。全片調子頗為輕鬆，描述細膩，善用細微的道具或小事，引發深刻的意義，例如片中丈夫的鞋就出現過好幾次，有評論者認為這部片子是成瀨的傑作。

成瀨片子中的人物，常因錢財而愁困，其中一部成於一九五四年的傑作《晚菊》，特多這方面的描寫。該片由杉村春子飾演的退休藝伎倉橋，靠借錢收息維生，經常催她從前的「姊妹」還錢、還息，為謀「利」而奔走。片中有兩段的反襯，就是從前與她戀愛過的兩個男人，先後上門找她。其中一名從前曾與她一起自殺殉情，後來男人反悔，被判坐監，出獄後再找她，目的只是借錢。另一名是由上原謙飾演的軍人田部，是倉橋一生中的最愛。她見他找自己，還心存浪漫的幻想，以為可恢復從前的戀愛關係。怎料田部找她，目的仍然不離借錢。令她很失望，在他離開前，決絕地燒毀兩人的合照，這場面極具戲劇張力。

Naruse Mikio

なるせ みきお

《飯》1951

東寶／製作
林芙美子／原著
井手俊郎、田中澄江／腳本
原節子、上原謙、島崎雪子、杉葉子、風見章子／演員
96分／黑白

鄭樹森

舒明所說的這一部《晚菊》，的確令人印象深刻，對於所有熟悉張愛玲小說的讀者，恐怕都會想起《金鎖記》。小說中的七巧，完全執著於金錢、錢財給她帶來的保障，幾乎超過她的生命及意義，後來七巧也以錢財來控制身邊所有的人際關係，而小說中間也有一段與《晚菊》相似的情節：七巧一直對舊情人季澤念念不忘，不料季澤只是利用當年的情意向她借貸，令她為之幻滅，也加增她對錢財的執著。《晚菊》與張愛玲《金鎖記》、《怨女》異曲同工。除了剛才提及的《飯》，成瀨還有沒有其他佳作？

舒明

成瀨很多電影也是佳作，例如：一九五二年的《媽媽》和《閃電》、一九五三年《兄妹》、一九五六年《驟雨》，一向被視為佳作，甚至有人認為它們是傑作，反而有些電影因沒機會看或重看，才沒有選上。我認為一九五五年的《浮雲》值得再討論，本片公認為成瀨的傑作，多次選為日本十大電影之一，且經常排在首五名，但我倆均沒有選上。你可以先說說原因嗎？即使不是傑作，是否可列為佳作？

鄭樹森

大家一直都注意到《浮雲》甚受日本評論界推崇，我也看過此片多次。《浮雲》雖屬女性電影，表現成瀨的一貫特色，但全片處理外景與人物的互動關係，較人情關係更為成功。因片長的限制，令幾位女性的角色塑造不太立體、不夠「圓型」（round character），男主角反而變成重點。後來重看DVD，對片中的實景印象更深刻，至於成瀨最擅長處理的人物關係，反而覺得較弱。不過，話得說回來，《浮雲》的拍攝年份較早，而我們又有機會看到他後來大部分的作品，可能因為他後來的電影比此片更傑出，相比之下，《浮雲》才顯得遜色。日本評論界長期以來對此片排名之高，未嘗不可視為約定俗成的意見，換言之，他們當時因為沒有重新觀看的機會，難免先入為主、形成傳承上的習慣。今天我們有幸看到大量成瀨作品的DVD，穿插其中，互相比對，才能夠得出不同的印象。

舒明

《浮雲》以女人公雪子（高峰秀子飾演）追求的不幸愛情故事為中心。雪子在東京被親戚強姦，她為了逃避這個男人，戰時逃到越南當文員，後在農林省遇到富岡兼吉（森雅之飾演）。他是有婦之夫，但仍與雪子戀愛。戰後雪子返東京找兼吉，兩人藕斷絲連，一起相處若干日子，但他依舊沒有與妻子離婚，甚至在溫泉區勾搭上另一位年輕的旅館女主人，用情不專，玩弄感情。另一方面，戰後雪子也曾向美軍賣春，她發現繼續糾纏她的那位親戚，憑著搞一些新興宗教而發達，結果又回到那壞人的懷抱。全片刻劃戰後日本的混亂，表達一位稍有姿色的普通女性的生活困境。後來今村昌平的《日本昆蟲記》，描述農村婦女之生活困境，同時也提及一名新興宗教斂財的人物，不時令我聯想起《浮雲》。當然，兩片表現手法截然不同。

從前我也視《浮雲》為傑作，唯最近重看兩遍，覺得此片已略為褪色，劇情鬆懈，尤其是結局部分。全片結尾交代兼吉離開政府工作之後，事事不如意，後來重返農林省工作。他的妻子已過世，在偏遠之處獨居，重遇雪子之後，兩人本可再次一起生活，可惜此時雪子已身患重病，突然在暴風雨之夜身亡，兼吉此時才真情流露，悲傷不已。在五十年代，這種悲劇性的結局，感動過不少觀眾和導演，包括侯孝賢、楊德昌等。今天重看頗為失望。或許因為這個原因，我們不約卻同地沒選它為傑作。反而《山之音》等電影越看越有味道。

鄭樹森

依此來看，也可證明在西方藝術鑒賞中的一個常見道理：有時歷史性（historical）或時間性（diachronic）上具意義、當年得好評的作品，當我們在並列（horizontal）、並時（synchronic）裡的等量齊觀之下，作品的個別意義就更突出，而歷史性評價則顯得較為失色。《浮雲》的實景拍攝、戰後狀況和劇中人物之互動，今天尚有可觀，仍不失為具歷史意義的佳作。《晚菊》、《飯》，加上《浮雲》，對成瀨興趣特濃的觀眾，或仍可一看。

舒明

一般認為《浮雲》是傑作，大概是源於當年小津安二郎的一句話：「我不能拍的電影有兩部：一部是成瀨巳喜男的《浮雲》，另一部是溝口健二的《祇園姊妹》。」此語經常為人引用，深入民心。

鄭樹森

從小津安二郎的電影風格來看，此句話的意思最清晰不過：複雜、多重戀愛的劇情，並非他所擅長的。換言之，此句話相當於他不會拍像《酷斯拉》（*Godzilla*）、武士道那樣的電影，但不等於他推崇這類電影。

我很同意舒明對成瀨傑作的分析。現在看來，除了之前提到的六部之外，加上舒明所選的一九三五年《願妻如薔薇》及一九六四年《情迷意亂》，成瀨一共有八部傑作。

舒明

成瀨生於一九〇五年八月二十日，死於一九六九年七月二日，一生作品有八十九部。我想用四句話來總結成瀨作品的風格：「精繪中下庶民，從瑣屑見情趣，細訴女性戀愛，化通俗為神奇」。他的作品的樸素及精純，在日本電影史上的確獨一無二。

成瀨巳喜男的傑作表

1——一九三五《願妻如薔薇》
2——一九五四《山之音》
3——一九五四《晚菊》
4——一九五六《流逝》
5——一九六〇《女人踏上樓梯時》
6——一九六二《放浪記》
7——一九六四《情迷意亂》
8——一九六七《亂雲》

Naruse Mikio

11

新藤 兼人
しんどう かねと

一九一二—

Shindo Kaneto

1912年　出生於廣島，少時因家庭破產而外出謀生，三〇年代靠在攝影棚打工自學成材。

1936年　以建設水庫而移民遷居為素材創作劇本《失去土地的百姓》，獲一九三七年《映畫評論》劇作第一佳作，從此跨入編劇行列。

1941年　作為溝口健二《元祿忠臣藏》的建築導演去了京都一年，並以此為契機師從溝口。

1945年　復員回松竹大船製片廠編劇部工作。戰後第一個劇本《待帆莊》由牧野正博拍成；《望眼欲穿的女人》一九四六年獲《電影旬報》十大第四；一九四六年劇本《安城家之舞會》由吉村公三郎執導，一九四七年獲《電影旬報》十大第一；從此確立新藤作為劇作家的地位。

1952年　拍攝第一部獨立製片作品《原子彈下的孤兒》，為日本獨立製片的創始人之一。

1960年　無對白實驗電影《裸島》，表現極度貧困中人與自然、人與大地的抗爭，獲莫斯科國際電影節大獎。

1971年　拍攝《赤裸的十九歲》，再獲莫斯科國際電影節大獎。

1972年　被選為日本劇作家協會理事長。

1975年　被授予朝日文化獎。

1996年　為了表彰日本獨立電影先驅的新藤，由五十八家獨立製片公司組成的日本電影製作者協會的製片人，設立年度最優秀新人導演的「新藤兼人獎」。

しんどうかねと

鄭樹森

新藤兼人在八十年來《電影旬報》十大電影入選導演中排名第十一，入選次數十八次，榜首次數二次，共得八十分。

舒明

新藤兼人比市川崑的年紀更大，現仍在世。新藤兼人於一九一二年四月二十二日出生，是溝口健二的弟子，在溝口班子裡做美工，後來寫劇本，一九五一年開始拍戲，最新一部電影是二〇〇八年公映的《石內尋常高等小學校》，拍片超過五十年，作品共四十七部。他開始拍片時，就已經獨立製片，大部分是自己投資，屬低成本電影，喜歡用一班不計較薪酬的演員，不少作品均由乙羽信子主演，她後來成為新藤的第三任妻子。新藤的名作，例如一九六〇年《裸島》、一九六四年《鬼婆》等，都是由乙羽信子主演的。事實上，在一九五二年《原子彈下的孤兒》，她已經出現了。

《鬼婆》在六十年代的香港曾經公映過。我們年輕時在大銀幕上看到此片，非常震撼。片中的場景出現過很高很高的蘆葦草，八十年代當我們看到張藝謀《紅高粱》開首的場景時，我自然就聯想到新藤的《鬼婆》，恐怕該片的場景設計，也是出自《鬼婆》。

新藤兼人在日本的地位是：他寫過很多出色的劇本。他所拍的當然亦是自己所寫的。近二十年來，他開始拍攝較為商業化的電影，例如一九八一年的《北齋漫畫》。一九九二年《濹東綺譚》則是以日本文豪永井荷風的日記為題材，也是十大名片之一。一九九五年《午後的遺書》是當年十大名片的第一名。

一九九九年的《我想活下去》屬時裝片，構思別出心裁，講述一位病人年老失禁，他有一名獨身的女兒。片中加入一段戲中戲，指老人在醫院治病時，從醫生的書架偷了一本有關棄老傳說的書，而電影則把傳說中兒子揹母上山、母親餓死等故事，用黑白片重拍一次，拍的正是深澤七郎《楢山節考》的情節。由此可見，除了木下惠介、今村昌平拍過《楢山

廣　告　回　信	
台灣北區郵政 管理局登記證	
北台字第15949號	

235-62
台北縣中和市中正路800號13樓之3

印刻出版有限公司　　收

讀者服務部

姓名：＿＿＿＿＿＿＿＿＿＿　性別：□男　□女

郵遞區號：＿＿＿＿＿＿

地址：＿＿＿＿＿＿＿＿＿＿＿＿＿＿＿＿＿＿＿＿＿＿＿＿＿＿＿＿

電話：（日）＿＿＿＿＿＿＿＿＿＿＿＿（夜）＿＿＿＿＿＿＿＿＿＿＿＿

傳真：＿＿＿＿＿＿＿＿＿＿＿＿

e-mail：＿＿＿＿＿＿＿＿＿＿＿＿＿＿＿＿＿＿＿＿＿＿＿＿＿＿

INK

INK PUBLISHING

讀者服務卡

您買的書是：____________________

生日：________年________月________日

學歷：□國中　□高中　□大專　□研究所（含以上）

職業：□軍　□公　□教育　□商　□農
□服務業　□自由業　□學生　□家管
□製造業　□銷售員　□資訊業　□大衆傳播
□醫藥業　□交通業　□貿易業　□其他________

購買的日期：________年________月________日

購書地點：□書店　□書展　□書報攤　□郵購　□直銷　□贈閱　□其他

您從那裡得知本書：□書店　□報紙　□雜誌　□網路　□親友介紹
□DM傳單　□廣播　□電視　□其他

您對本書的評價：（請填代號 1.非常滿意 2.滿意 3.普通 4.不滿意 5.非常不滿意）
內容______　封面設計______　版面設計______

讀完本書後您覺得：

1.□非常喜歡　2.□喜歡　3.□普通　4.□不喜歡　5.□非常不喜歡

您對於本書建議：

感謝您的惠顧，為了提供更好的服務，請填妥各欄資料，將讀者服務卡直接寄回或傳真本社，我們將隨時提供最新的出版、活動等相關訊息。

讀者服務專線：（02）2228-1626　讀者傳真專線：（02）2228-1598

Shindo Kaneto

《裸島》

《鬼婆》

しんどうかねと

節考》之外，原來新藤也拍過，但他用的是「戲中戲」方式，很多人因而忽略了，這是《我想活下去》裡最特別的地方。你有沒有看過這部電影？

鄭樹森

我對這部電影的印象只屬一般。對我來說，新藤一九六〇年《裸島》和一九六四年《鬼婆》在形式上印象最深刻。由於《裸島》全片都沒有對白，因此影像尤其突出；而《鬼婆》擅於捕捉沼澤地的景色來經營構圖，其黑白攝影則令人想起德國表現主義時期一些作品，在影像上一見難忘。至於他一九七七年《竹山孤旅》也是我心目中的傑作，此片個人風格非常鮮明，但在日本曲高和寡，在此我不妨稍費唇舌，特別說明這部電影的過人之處：

一、《竹山孤旅》處理的是日本民間三味線流浪藝人到處流浪、吟唱、乞討的傳統，也是對日本舊民間傳統的輓歌。

二、片中的三味線流浪藝人在北海道一帶流浪和吟唱，故片中有大量日本北國的風光，並利用大量的風暴、冰雪折射民間藝人顛沛的淒苦。換言之，運用外在影像呼應主角的流離艱苦。其次，在音響處理上，此片使人想起《裸島》。但與《裸島》刻意略去全部對白的作法剛好相反，這部電影反而突出流浪藝人所表演的音樂，音響處理與劇情緊密互扣。全片的音響效果，不下於影片裡處理的北國風光。影像層面與音響層面的結合非常成功，甚至可以說風光與音響本身所構成的電影重點，恐怕還要超過主角的悲涼際遇。因為流浪藝人的淒苦，我們很容易在其他電影裡看到，但這樣的表現手法卻難得一見。從形式上來看，《竹山孤旅》影像和音響互相配合之下的效果，與他從前的作品如《裸島》、《鬼婆》，有傳承的關係。

個人心目中的新藤傑作，還包括一九九五年的《午後的遺書》。電影集中處理一批老演員

舒明

面對暮年及死亡的恐懼，在一個簡短時空出現的種種反應。全片以大量細節堆砌出生命的回顧、面對死亡的反應。片中最突出的是大量運用「能劇」（Noh）以及契訶夫（Anton Chekov）的戲劇來反襯這批演員的內心感受。片中的能劇都是處理死亡的感受，而引用的契訶夫戲劇，也是面對分崩離析、生命暮年的演繹。故《午後的遺書》片中大量的戲中戲，固然是典故，也是混溶一體的「文本互涉」（intertextuality）關係。演員和引用文本之間有相當大量的互相疊印，但通過戲中戲的方式，反而能具體地、非抽象地呈現生命盡頭時，一批比較傳統的、有修養的日本藝人之內心狀況。本來要電影處理這些抽象的內心情況，是比較困難的。這部片子面對難度甚高的抽象主題，新藤兼人提出了一個相當令人滿意、同時也能捕捉觀眾注意力的電影手法，令全片在抽象和具體之間、說理與具象之間有一微妙的平衡，這恐怕是新藤最傑出的作品。雖然通過文本互涉和典故而來的「戲中戲」，幾位西方大導演也用過，但新藤在本片的結合，相當有機、和諧，令人印象深刻。此外，這類電影的戲劇張力（dramatic tension）並不來自劇情的曲折或劍拔弩張，而是斂藏於靜止時的冥想性力量，實可稱為抒情的靜止（lyrical stasis），是靜態的戲劇。

《午後的遺書》在平成年代的電影中非常突出。猶記得第一次看該片時，我看之前已知道它給選為十大之首，這對我自然是一個有力的推薦，看過之後，印象更難忘。全片講述一

Shindo Kaneto

《裸島》1960

近代映畫協會／製作
新藤兼人／腳本
乙羽信子、殿山泰司／演員
96分／黑白

しんどうかねと

《竹山孤旅》1977

近代映畫協會／製作
新藤兼人／腳本
乙羽信子、林隆三、
倍賞美津子／演員
125分／彩色

位年事甚高的著名舞台演員，暑期返鄉間的別墅休息。在這短短的期間，卻發生很多事情。電影一開始已很有戲劇性。看守別墅的僕人向她表現，自己與演員的亡夫曾有一段私情，並早已誕下私生女。其後，又有不速之客到訪，他是演能劇的，是女演員舊朋友的丈夫，他帶妻子與女演員相見。那位舊朋友昔日也是作舞台演員的，見面時已患上老人癡呆症。在這對夫婦住別墅期間，已癡呆的朋友竟然降伏一名逃犯，還受到警方獎勵。後來，這對朋友夫婦離開了，繼續他們的旅程。女演員還參加亡夫私生女兒的婚禮。不久，另一名不速之客又登門造訪，她是一名記者。記者告訴女主角，那對夫婦在旅行途中，因感年紀老邁，生無可戀，雙雙投海自盡。這時故事進入另一高潮，就是女演員與僕人一起去實地探訪那對老人死亡的地方。最後她結束休假，返回東京繼續演藝生涯。全片內容豐富複雜，目的主要討論生死、藝術等問題。

新藤兼人的電影共四十七部，我看過他的作品不夠一半，約有二十部。從他最出色的四部來看，《裸島》以瀨戶內海為背景，故事發生在一個小島上，以一農家為主軸，講的是農家之苦。小島沒有水，農民要撐船到另一大島，取水後再回小島灌溉、耕作。此片雖屬劇情片，但卻用紀錄片的拍攝手法。全片沒有對白，有的是悲劇。主角一家的大兒子染病死亡，夫婦二人也因生活艱苦、難以忍受，時有爭執，大多以動作來表達。這部電影當年在莫斯科得獎後，因為沒有對白的關係，觀眾只看影像已能明白，故事又感人，世界不少地方都買來上映。本片令新藤兼人的國際知名度大增。

一九六四年的《鬼婆》，主要講述戰爭的禍害、人性的本能，村中老年寡婦的兒子打仗未返，只好與兒媳一起生活。後來兒子的朋友從戰場逃回村中，與老婦的兒媳發生關係。老婦與兒媳本來靠變賣戰士遺物一起生活的，她害怕兒媳會跟兒子的朋友逃走，屆時自己無以為生，便扮鬼嚇兒媳。老婦的故事講的是生存問題，媳婦的是性慾問題，食與色，全是關於「人的本能」，是本片主要探討的對象。此外，《鬼婆》亦有一形式化的表現手法，最關鍵的是出現了一個「能劇」的面具。老婦戴上此面具，扮鬼恐嚇媳婦，命令媳婦不可與男人幽會、離開自己。此劇無論在情節還是表現手法上，都簡單而深刻，令外國觀眾既容易明白又極為欣賞。

《竹山孤旅》以北海道為背景，以盲眼音樂人的生涯為主，有豐富日本色彩。當年在十大名片中排第二，唯因劇情限制，認識此片的人不多。《竹山孤旅》改編自真人真事，那位真實的盲人樂師，在影片初段也有出現。影片描述母親如何為失明的兒子謀出路，幼年已送他拜師學彈三味線，長大後變為流浪藝人，之後結婚兩次，途中也與其他女性有感情關係。片中呈現春夏秋冬四季的景色，拍攝情況非常艱苦，新藤兼人花了一年多兩年才完成此片。

新藤兼人早期的電影比較社會寫實，特別是他有左傾的思想，批判性強。其後拍的則強調男女的情慾，到了七十年代《竹山孤旅》有一些劇情非常強調母子情。例如：片中兒子長大後，四處流浪，母親為了關心兒子，不怕長途跋涉，在冰天雪地中找尋兒子。新藤還有其他電影強調母親與兒子的關係，這與他個人親身經歷有關。他出身於農家，有很多姊姊，父親本為富農，後來破產，甚至把他其中一個姊姊嫁到遠方的美洲，成為「賣埠新娘」，因而他對女性的母愛特別依戀。新藤兼人的《落葉樹》（一九八六），基本上也強調母子關係。這是新藤兼人電影裡的一個重要主題。

他的電影可能還有第五部傑作，可惜的是我們未必有機會看到。他其中一部電影當年給選為十大名作的第一位，就是一九七五年《一個電影導演的生涯》，講述他的老師溝口健二的戲劇人生。你也看過這部片子，你認為它是佳作還是傑作？

鄭樹森

《一個電影導演的生涯》找到所有與溝口有關的合作夥伴做訪問，在平板的紀錄、常見的口述歷史中，又有演員追憶時近乎演出的鏡頭，令觀眾非常感動。不過，此片的成功，與其說是電影本身帶來的觸動，不如說是受訪者的感人，不可歸功於導演新藤兼人。以岩井俊二的《市川崑物語》來比較，就更可說明問題。《市川崑物語》跟岩井俊二其他作品有持續發展的關係，該片雖為市川崑拍紀錄片，但片中故意安排市川崑在最後幾分鐘才出現，凸顯了生於六十年代、今天的「岩井」的抗衡聲音。岩井在《市川崑物語》中流露充分的自信，並非純粹依附大師而存在。相對而言，《一個電影導演的生涯》不敢提出「新藤」的觀點。事實上，新藤既身為溝口的弟子，而溝口本身可發揮的地方也不少，無奈新藤沒有表態，片中難見他的觀點。當然，市川崑是有親和力的導演，童心猶在，這會否造成新藤與岩井的分別，我們不必推測，唯《一個電影導演的生涯》的成功大概在於受訪者，而不是導演新藤。

我們從《裸島》、《鬼婆》、《午後的遺書》，甚至《竹山孤旅》都見到一個經常出現的主題：老人、老婦人在日本社會生存的狀況，堪稱為「母題」（motif），這其實是《楢山節考》的重點。早前舒明提及一九九九年《我想活下去》正是《楢山節考》的另一版本，可見新藤兼人對此有持續的關注。

《午後的遺書》

Shindo Kaneto

しんどうかねと

總括而言，在新藤兼人的作品裡，堪稱傑作的有四部：《裸島》、《鬼婆》、《竹山孤旅》和《午後的遺書》。

至於《一個電影導演的生涯》，恐怕只能算水準作。我常懷疑日本當年對這部電影評價如此高，可能是出於對溝口大師的尊重和致敬，以及向大量在片中出現的電影老工作者致意，多於電影本身的成就。在日本這個敬老和階級分明的社會，這是極有可能的。

舒明

我也有同感。反觀岩井的《市川崑物語》則評價平平，完全沒引起甚麼注意，因為岩井的拍法剛好相反，沒訪問過任何與市川崑的合作夥伴，他反而在片中講到市川崑與夫人和田夏十的戀愛故事，佔了全片的三分之一。

鄭樹森

岩井的處理手法，與新藤拍溝口的剛好相反。新藤為全體尚存的老一輩電影工作者做口述歷史，他對溝口的致敬，歷史參考價值大。岩井的那一部，目的是表達完整的故事，用「物語」命名，非常恰當。另新藤為和田夏十的徹底平反，也變成電影的重點。片中揭示和田夏十身為女性作家及編劇家，卻長期遭受壓抑、忽略的情況。《市川崑物語》雖然是紀錄片，但導演的個人風格非常鮮明，可視為岩井電影的延續，這正是該片與《一個電影導演的生涯》最大的分別。《一個電影導演的生涯》重點不是新藤的個人風格、關注，而是歷史資料的重要性高於一切，兩部電影可說各有千秋。若就電影論電影的話，個人看法《市川崑物語》比新藤的處理更成功。

舒明

我的看法稍有不同。兩片的創作觀點並不相同。在《一個電影導演的生涯》裡，新藤率領一組攝製隊，親自去錄音、訪問。岩井則把所得的照片、錄影片段，由自己再組織、配樂，又特別強調市川崑及其夫人的戀愛故事，是一部抒情作品。事實上，《市川崑物語》所處理的內容比較罕見，包括：一、市川崑夫婦除了合作出版過一部散文集之外，沒有其他關於他們夫妻合作的詳細資料；二、編劇家是比較少人注意的，《市川崑物語》的重點之一卻是和田夏十；三、更特別的是，和田夏十本身又只是幫市川崑編劇，沒有為其他導演編劇，比一般編劇家更容易受人忽略。《市川崑物語》講的是一個獨特的故事，而從《一個電影導演的生涯》豐富的歷史材料來看，目的是希望讓觀眾較為全面地了解溝口的執著、早期電影的發展和很多電影軼事。我不太同意《市川崑物語》比《一個電影導演的生涯》好，兩部電影難相提並論，就電影論電影的話，只能比較它們的特色，而《一個電影導演的生涯》仍甚有價值。

新藤兼人的傑作表

1—一九六〇《裸島》
2—一九六四《鬼婆》
3—一九七七《竹山孤旅》
4—一九九五《午後的遺書》

Shindo Kaneto

12

うちだ とむ
內田吐夢

一八九八—一九七〇

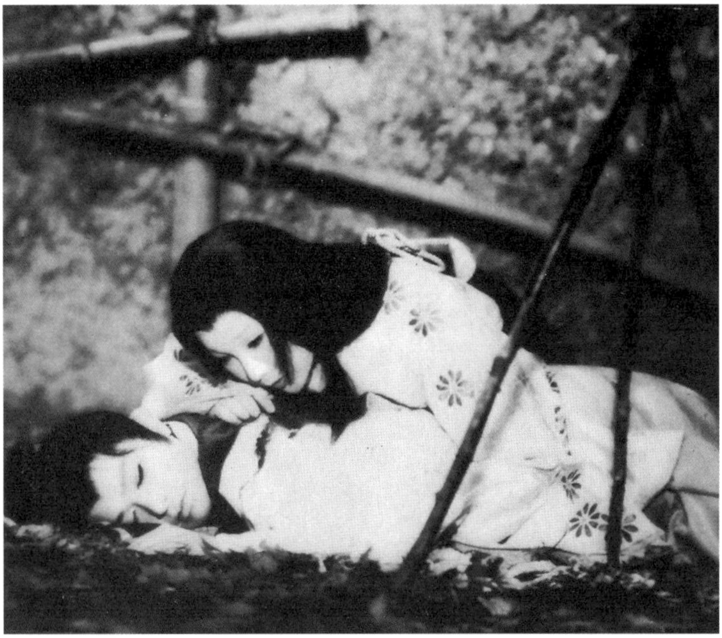

《浪花戀物語》

鄭樹森：內田吐夢曾有兩部電影入十大的榜首，八十年來《電影旬報》十大電影入選導演中曾入選十三次，排第十二位。

舒明：內田吐夢入選榜首的都是戰前電影，我們沒有機會看到。他一生共有電影四十六部，但現在不易看到他的作品，故我們對他較為陌生。他生於一八九八年四月二十六日，一九七〇年八月七日去世。最初作電影演員，一九二二年開始參加演出，一九二七年第一次作導演，曾在四十年代去過中國的滿洲拍電影，此地當時由日本人統治。戰敗後他留在中國好幾年，參與訓練中國的電影人員。一九五五年返回東京，在日本重新拍片。從一九五五年至一九七〇年，一共拍了二十五部電影，他最後一部電影《真劍勝負》（一九七一）是未完成的遺作，只有七十五分鐘，主要講述宮本武藏與敵人宍戸梅軒對打的一段故事。他有一部名作多次選為十大電影之一，那就是《飢餓海峽》（一九六四）。另一部則是《宮本武藏》五部曲（一九六一－一九六五），也曾入選十大。我們都看過這兩部電影，你認為如何？

鄭樹森：我看過《飢餓海峽》兩次，最早看的是沒有字幕的日文版，後來則是有字幕的。以當年的拍攝方式而言，此片確有突出之處，但如今回顧，整體劇情不太獨特，個人不認為可稱為傑作。倒是以五部電影構成的《宮本武藏》，印象較為深刻，絕對超越稻垣浩的三部曲。

稻垣浩《宮本武藏》三部曲在西方備受注意，其實只是相當普通之作，無甚驚喜，內容及形式均不見突出。西方頗推崇宮本武藏的「智慧」，後來發展成商學院及MBA的閱讀材料，甚至把宮本武藏的武術，即所謂《五輪之書》發展為商場攻防戰略、手段，在外國有十多個譯本，與我們中國的《孫子兵法》大致相同。因為西方對宮本武藏較為熟悉，而稻垣浩「三部曲」的版權也賣去外國，故得到比較多的注意。現在回顧起來，內田吐夢的五部曲優勝得多。

うちだ とむ

《宮本武藏》五部曲1961-1965

東映／製作
吉川英治／原著
中村錦之助、入江若葉、木村功、浪花千榮子／演員
110分／107分／104分／128分／121分／彩色

其一，影片以弧形闊銀幕和彩色攝影努力突出大自然景色，相當有特色，令人想起美國西部片中Monument Valley的場景，能襯托出當時日本武士與山林之間的關係。

其二，殺陣的設計，從今天看來，仍屬異常震懾的場面。

其三，在角色的成長和轉變，可能因五部曲的關係，完整、細緻得多。

整體而言，五部曲雖然「佳句甚多」，卻難構成完整的「佳篇」，不能稱為傑作。是否屬佳作？不過，因為內田吐夢的作品難得一見，加上宮本武藏的作品在日本文化及電影傳統上的位置，五部曲肯定值得一看。

《宮本武藏》是改編自吉川英治的通俗小說，屬大眾文學。我看過原著小說，從講故事技巧、場面設計及鏡頭運用，內田吐夢所拍的明顯比稻垣浩優勝。關鍵之一是飾演宮本武藏的演員很出色。內田的那部是由中村錦之助主演的，你認為他是否比三船敏郎更能傳達一代劍聖的氣魄？

舒明

鄭樹森

從演出來說，中村肯定比三船敏郎好。雖然不少觀眾因為對三船敏郎的認識較多，比較容易接受他的武士造型。事實上，在稻垣浩的電影中，三船的演出只能算做「本色」，意即那只是他一貫造型的演出，對角色沒有特殊的演繹，我們看不到這個角色與三船其他演出過的角色之間的差別，例如：他演宮本武藏與演黑澤明劍道片中的角色究竟分別多大？相對而言，中村錦之助在內田指導之下的演出，令人印象更深刻。

舒明

至於《飢餓海峽》，我不太同意你的看法。《飢餓海峽》的原作者是水上勉，屬於推理小說，後來曾改編成舞台劇劇本。內田吐夢的這一部電影，一向給視為傑作。無論從劇情、演員和視覺的處理，二十多年以來，我看過該片不下三、四次，我也認為它可列為傑作，主要可分三方面來說：

第一，全片的攝影、技術處理很特別，視覺效果極佳。

第二，故事講述戰後貧窮的日本社會，癡情妓女無意中邂逅一個逃犯，此逃犯殺人後，身懷巨款，四處流浪。妓女與他分別後，心底一直珍藏這段記憶，連那人的腳趾甲也收藏起來，類似「戀物狂」，片中對這段感情刻劃得非常深刻。

第三，由三國連太郎飾演的主角，後來變為地方富商和慈善家，一時衝動誤殺了特別前來拜訪他的那位妓女，還殺了目擊他殺人的男僕人，最後法網難逃。這個較為離奇的情節，在內田吐夢的處理之下，卻能與社會和人性互相結合，演員的表現也很出色。

最後，電影中的故事能破案，關鍵在於一位警員。他對此案一直念念不忘，最後即使不作警員，仍自費追查，幫助其他警員偵破此案。故事結尾也出人意表。疑犯說要到北海道憑弔，最後卻在船中跳海自盡，這一場戲拍得非常精彩。當時的高倉健，飾演一名年輕的警員，已令人印象難忘。順帶一提，高倉健也參與過內田吐夢《宮本武藏》的演出，飾演佐佐木小次郎，即宮本武藏最後一個死敵。在稻垣浩的電影中，這個角色是由鶴田浩二飾演的。

鄭樹森

我非常同意舒明以上幾點的分析，尤其是視覺效果突出和「戀物狂」的刻劃獨到這兩方面。反而情節上的連環殺人、故事變成辦案和查案等過程，並沒什麼過人之處。整體來說，此片固然可觀，但如撇除「戀物癖」一點的話，僅以視覺效果突出、演員演出、辦案查案以致水落石出的過程來看，此片在這幾方面的處理，恐怕不及黑澤明一九六三年的《天國與地獄》。《飢餓海峽》片中的時代背景雖然比《天國與地獄》早，拍攝時間（一九六四年）卻比《天國與地獄》還要後，而《天國與地獄》實在比該片超越太多了。甚至就演出而言，《天國與地獄》的演員無一不是傑出的演繹。《飢餓海峽》曾榮登十大之選，相信是內田吐夢在戰前的名氣，在相當長的一段時間裡，左右了日本評論界。由於我們目前看到的內田作品較少，故討論暫時只能到此為止。

舒明

二〇〇七年十二月倫敦舉辦了內田吐夢回顧展，引來四座的驚嘆，充分證明他是有實力入選日本十大導演的一位前輩。

Uchida Tomu

《飢餓海峽》

13
a

小林正樹

こばやしまさき

一九一六—一九九六

Kobayashi Masaki

1916年 生於北海道小樽市。

1933年 入讀早稻田大學，初期修讀哲學，後來主修亞洲藝術史。

1942年 受徵召入伍，在中國東北服役，戰後曾困於沖繩戰俘營，親身體驗戰爭的禍害，促使他日後開拍長達近十小時的六部長篇電影《人間的條件》，揭露戰爭為人類帶來的慘痛。

1946年 在松竹擔任木下惠介的副導演，六年後正式獲升為導演。

1952年 導演處女作《兒子的青春》。

1962年 拍攝《切腹》，批判武士道精神，引起很大爭議。翌年榮獲坎城影展評審團特別獎。

1965年 《怪談》受到坎城影展青睞，獲頒評審團特別獎。

1968年 拍攝了《日本的青春》，展示青春期遭受戰爭折磨的一代人的艱辛和迷茫，原著為遠藤周作小說。

1975年 改編井上靖小說，完成三個多小時的《化石》。

1983年 完成長達四個小時的紀錄片《東京裁判》。

1985年 根據連合赤軍事件拍攝《無餐桌之家》。

1996年 心臟病發與世長辭，享年八十歲。

第一回 日本映画の発見 SINJUKU '88
小林正樹ノ世界
十二月三日土－九日金
テアトル新宿 新宿駅東口 伊勢丹新館隣
主催——日本映画学校
後援——東京都新宿区／社団法人シナリオ作家協会／日本映画テレビプロデューサー
協賛——小田急電鉄㈱／㈱小田急百貨店／㈱伊勢丹／㈱三越／㈱中村屋／
㈱紀伊國屋書店／㈱新宿高野
協力——日本大学芸術学部映画学科／松竹㈱／東宝㈱／テアトル新宿／㈱仕事
㈱講談社／新宿区観光協会／㈱キネマ旬報社／㈱文化放送／
優秀映画鑑賞会／㈱CAN

こばやしまさき

鄭樹森

小林正樹居電影榜首的只有一部，入選「十大」次數則有十一次，得分為六十六；排名第十三，和深作欣二相同。

舒明

小林正樹居榜首的一部，是香港上映過的《奪命劍》（一九六七），此片有好幾個中文譯名，例如《上意討》、《叛逆》等，英文是*Rebellion*，由三船敏郎飾演男主角。《奪命劍》是小林繼《切腹》（一九六二）、《怪談》（一九六四）等名片之後的作品，該片在英國的評價甚高。

小林正樹比市川崑小一歲，一九一六年二月十四日出生，一九九六年十月四日逝世，讀大學時研究美術史，後來因發生戰爭，時代動盪，故放棄作學者之念，投身電影界。他入松竹公司作木下惠介的助導，是木下眾助導中第一個作導演的大師兄，早期電影也有木下的輕鬆調子，拍過一些小品，後來加強作品的社會性，別樹一幟，成為大導演。一九五六年的《我收買你》，背景是戰後受美國影響的日本社會，當時非常流行打棒球。此片講述一名高中生是出色的棒球選手，各棒球會爭相重金禮聘，各出奇謀。主角自感奇貨可居，為了取得最大的利益，不惜犧牲愛情。一九五七年的《黑河》，描述美軍佔領日本期間，地方流氓強迫女子作情婦。此兩部片拍得相當結實，劇情緊湊。

《人間的條件》1959-1961

松竹／製作
五味川純平／原著
松山善三、小林正樹、稻垣公一／腳本
仲代達矢、新珠三千代、有馬稻子、山本和子、諸角啟二郎／演員
203分／176分／188分／黑白

後來小林正樹拍了一套三部的極長戰爭片，這套作品就是改編自五味川純平（一九一六—一九九五）的《人間的條件》。分別為：第一—二部（一九五九）；第三—四部（一九五九）和第五—六部完結篇（一九六一），六部共九小時三十八分，從此奠定他的國際地位。以第二次世界大戰日本侵略中國為題的電影有好幾部，此部是最長的，而且具反戰意味，把日本低級士兵在軍隊的悲慘遭遇，拍得最為透徹。主角最初在中國滿洲國被迫參軍，因他一向有反戰思想，主張平等對待戰俘，不容於日本軍部，最後死於西伯利亞的戰場。因為內容關係，電影中的取景包括蘇聯西伯利亞的大平原，在日本戰爭片中也很少見。這部電影在威尼斯曾得獎，在日本名列十大名片。

一九六九年我在日本第一次看此片，看的是「通宵場」，一口氣看完這三部片，從晚上十時多入場，直至十多小時後（因中場有休息）的第二天早上才離開戲院。不知你有沒有試過馬拉松式的欣賞這部巨片？

鄭樹森

我當時在美國，是分開兩晚來看的。我記得那時候美國在週六和週日，觀眾也可以分兩天連續看完一套六部，但入場的人甚少。試想想，從中午開場看到半夜，加上中間兩小時的晚飯時間，共需十二小時，對大部分人而言，可說是耐力的考驗。尤其是沒有ＤＶＤ的年代，要一口氣看完，更加不易辦到。儘管如此，這部近十小時的電影，在法國享譽甚隆，近年該片的復刻版，也由法國率先推出。《人間的條件》肯定是傑作。全片雖分為六部，但一般視之為一套電影。

舒明

以戰爭片的角度來看，把《人間的條件》跟市川崑的作品比較，市川崑的處理無疑較為簡單，例如《緬甸豎琴》講戰敗日軍如何撤退，離開東南亞，返回祖國等；《野火》講戰場上的殘酷現實，與小林的史詩式處理，稍有不同。《人間的條件》運用史詩式的敘述，其中不乏抒情的愛情故事，又有描述人如何在艱苦之中堅持理想，雖然他們最後還是在戰場

Kobayashi Masaki

こばやし まさき

《怪談》1964

文藝製作社／製作
小泉八雲／原著
水木洋子／腳本
仲代達矢、新珠三千代、三國連太郎／演員
187分／彩色

上白白犧牲。當然，《人間的條件》因片長之故，部分片段較弱，例如描寫滿洲國的妓女，及華人勞工等場面比較欠缺說服力。不過整體來說，它仍然是部傑作。

值得一提的是，《人間的條件》除了曾在威尼斯得獎之外，在加拿大上演時，當地觀眾對此片也佩服得五體投地。因此，小林正樹在加拿大的聲望非常高。我曾經聽過一個說法，謂日本大導演中，溝口健二在法國最受尊崇，尤其是法國新浪潮電影導演如尚盧高達（Jean-Luc Godard）和希維特（Jacques Rivette）等，他們都是影評人出身，對溝口很推崇。黑澤明的電影雖然在威尼斯得獎，但因其電影娛樂成分豐富，在美國享有盛名，史蒂芬史匹柏（Steven Spielberg）和《教父》導演柯波拉（Francis Ford Coppola）等根本就是黑澤明的私淑弟子，曾幫助黑澤明解決資金和發行的問題。小津安二郎最先得到的讚賞來自英國觀眾和影評人，而小林正樹則在加拿大得到特別推崇，這是很有趣的現象。

八十年代，小林正樹另一部與戰爭有關的電影，卻頗具爭議性。一九八三年，他拍了一部四個多小時的紀錄片《東京裁判》，該片是戰後審判二十二個日本戰犯的實錄，小林正樹把收藏在美國的紀錄片，重新選材，剪輯而成。該片上映後，對於小林正樹在片中處理日本發動戰爭的責任問題上，香港和西方部分的評論家均有所非議，香港的雷競璇博士就曾撰文指該片是「偽善的反戰電影」（見一九八六年四月十七日《大公報》）。小林正樹的反戰思想，在這部片子裡反倒模糊起來，甚至在講述不少歷史性問題時，偏離了「東京裁判」的中心。

除了《人間的條件》之外，小林正樹其他傑作還有《切腹》，主要批判武士道精神，向為評論界稱道，當年在日本的爭議性也很大。就批判的尖銳性而言，無論當年還是今天來看，效果相當突出，而且很動人，並沒有主題先行。至於另一部曾列入十大榜首的《奪命劍》，反而沒有《切腹》那麼突出，僅屬佳作。

鄭樹森

Kobayashi Masaki

こばやし まさき

小林正樹第三部傑作應是一九六四年的《怪談》，本片以日本民間流傳甚久的故事為基礎，部分來自《平家物語》；這部片子完整版也迫近三小時；全片在色彩和意境方面，在在顯示出小林駕御場面的另一種能力。若把本片與他前後所拍的電影比較，也令人相當意外，因為此片處理日本的傳統民間故事，是小林少有的古典之作，但他拍法卻與溝口處理之古典美不同。小林正樹對《怪談》的處理，並不像他過去五十年代的作品，亦沒有《切腹》或《人間的條件》等尖銳的批判，他的觀點反而隱遁在故事背後，以意境和色彩重詮日本民間故事。《怪談》在西方大受好評，可能是小林在國外最廣為人知的作品。

一九七五年的《化石》是一部相當長的電影，約三個半小時。《化石》改編自井上靖的小說，但電影肯定大大超越原著。該片有一點與《怪談》相似，同樣畫面精美，彩色構圖細膩。外在影像呼應內心世界，在內外互動裡，回溯生命的意義，反思人存在的形而上層面。本來此類題材相當沉悶，觀眾未必容易投入，尤其對死亡的冥想、對生死觀的沉思等，但影片不斷以剎那的畫面，以至近乎超現實的人物安排，從單薄的故事逐步引領觀眾到投入的層面。整體觀之，在形象的具體與思維的抽象之間，平衡微妙，恰到好處。

記得遠在一九七六年，美國影評人約翰．西蒙在一篇評論中，已非常推崇《化石》。他指出該片本來「情節單薄，並不討好」，但導演對角色的著墨、渲染，通過準確影像的濃烈暗示，令全劇能面對死亡的悲哀而又可優雅含蓄地表達主題，令人難以忘懷。在西蒙的觀察中，他特別提出英格瑪．柏格曼的《第七封印》（*The Seventh Seal*）與《化石》比較，認為《化石》之不同，正在於沒有《第七封印》沉重的宗教意識，反倒通過大量意義深遠的細微觀察，展示死亡而非有任何結論，這也是此片與西方電影不同之處。他認為《化石》雖然不是「絕對的偉大」（absolute greatness），但仍屬於非常傑出的作品。

我個人觀賞時，對片中的冥思尤其印象深刻。首先，電影要拍這種題材非常困難，在三個多小時內又要抓緊觀眾的注意力，加上主角是一個外形及工作性質並不討好的大商社社長，電影要成功，殊不容易。舒明和我在過去也談及此片的獨特之處，我們也同意全片攝影之精美與攝影師有關。《化石》另外一些特別的背景，或者請舒明補充一下。

舒明

《化石》改編自小說，涉及歐洲藝術，尤其是雕刻藝術的「美」的問題，小林對這類題材特感興趣，對開拍這部電影期待已久，這跟他學的是美術史或不無關係。唯因當時是七十年代，電影已衰落，只有電視台肯投資，故他先開拍《化石》的八集電視劇。完成電視劇後的一兩年，才剪輯成現在的電影版。

《化石》當年曾在美國上映，最受讚賞的是主角佐分利信的演技。他飾演一名中年生意

《小林正樹世界展》

Kobayashi Masaki

こばやし まさき

豪剣うなる八相くずし！・嵐よぶ三つの決闘！
切腹
せっぷく
監督 小林正樹
撮影 宮島義勇・音楽 武満 徹
製作 細谷辰雄・岸本吟一
松竹映画

《切腹》

人，到巴黎旅行時，突然患上不治的癌症，生命只剩下一年。得悉此事後，他腦海裡產生了一個黑衣女人的幻影，跟自己對談。片中藉著這樣的對談，表達人物內心所思所感，反照個人生命的意義。

順帶一提，此片飾演女主角的是岸惠子。岸惠子是市川崑《弟弟》一片中的女主角，亦即《細雪》演大姊的那一位。事實上，我們為了準備這一次的座談，重溫不少大導演的傑作，才發覺原來很多傑作都是由同一批演員演出的。以岸惠子為例，她曾與一名法國導演結婚，有一段時期沒拍電影。但在二〇〇二年山田洋次的《黃昏清兵衛》裡，岸惠子也曾出現在女兒回溯父親往事一幕中。在日本電影的黃金時代，包括戰前、三十年代早期及戰後五、六十年代，實在有過很多出色的演員。

小林正樹的電影多起用仲代達矢為男主角。仲代達矢幾乎是因為小林才得到適合自己性格

《切腹》 1962

松竹／製作
瀧口康彥／原著
橋本忍／腳本
仲代達矢、丹波哲郎、岩下志麻／演員
135分／黑白

Kobayashi Masaki

こばやしまさき

的演出機會，把演技發揮得恰到好處。他的表演分兩類，一類是合乎「本色」，另一類是摒除「本色」，完全融入角色之中。他是舞台演員出身，表達相當細膩出色。他是《黑河》（一九五七）中的流氓，《人間的條件》裡具人道主義思想的日本士兵。《切腹》仍是仲代達矢作主角，他扮演的岳父，為女婿向武士集團宣戰、復仇。全片講故事的方式很特別，仲代達矢坐在廳中，對一班人講述自己身為浪人的悲劇生涯，以及其女婿的不幸遭遇。主角的對手是武士集團總管的三國連太郎，還有一個是把他女婿砍首的武士，由丹波哲郎飾演。片中第三次的對打場面，正是仲代達矢和丹波哲郎在山上對打，最後仲代達矢用「十字手」的劍術奇招擊敗對方，並割下對方的頭髮，羞辱武士。

到了《奪命劍》，主角就換上三船敏郎。正如你所說，三船敏郎與他所演的「角色」之間，常常沒有甚麼區別，《奪命劍》也不例外，我也同意這部電影不是傑作。三船反而在黑澤明的《赤鬍子》中有些新表現。在《赤鬍子》中，他除了造型不同之外，演技上也有收斂。

七十年以後，仲代達矢還在一九七一年《生命的賭注》演出過，該片是古裝片，講述一班浪人的故事，栗原小卷作女主角，同樣表現出色，此片雖然不是傑作，但屬佳作之選。

鄭樹森

這樣看來，我們選出《人間的條件》、《切腹》、《怪談》和《化石》為小林正樹的傑作。我建議把《人間的條件》視為兩部計，這樣的處理，相當於對山田洋次「寅次郎系列」的「加權」（weighted）處理一樣，主要考慮到在近十小時的電影中，要維持一定的電影質素並不容易。就整體成就來說，小林正樹也比新藤兼人的高，因為他的佳作也較多。

舒明

以九小時多的戰爭片，本來山本薩夫也拍過一部《戰爭與人間》，原作者同樣是五味川純平，那部影片是由張作霖被炸開始，一直講到戰後，但以刻劃深刻而言，不及小林正樹。

鄭樹森

山本薩夫的那一部甚好看，娛樂成分豐富，概括歷史的轉折點亦相當完整，演員出色，但這一部電影較接近後來英美電視的「迷你系列」（mini series），就像一九八〇年代初美國電視大製作《戰爭風雲》（*Winds of War*）等那類迷你系列。山本薩夫《戰爭與人間》恐怕也不能超越這部《戰爭風雲》。換言之，《戰爭與人間》以劇情見勝，導演僅屬稱職而已，略欠他身為電影作者的個人特色。

舒明

視覺也沒有甚麼特色。

鄭樹森

我覺得《戰爭與人間》跟美國《戰爭風雲》是相仿的作品，兩者比較很合理，由此更加清楚《戰爭與人間》在藝術成績上不太突出。在我們對《人間的條件》加權或加分處理後，小林正樹比新藤的排名高，同樣很合理。

小林正樹的傑作表

1—一九五九—一九六一《人間的條件》
2—一九五九—一九六一《人間的條件》〔二〕
3—一九六二《切腹》
4—一九六四《怪談》
5—一九七五《化石》

Kobayashi Masaki

13b

深作欣二

ふかさく きんじ

一九三〇—二〇〇三

《蒲田進行曲》

鄭樹森　深作欣二也是十大電影入選導演第十三名，入選次數有十一次，進入榜首的是一次。

舒明　榜首的一次是一九八二年的《蒲田進行曲》。這部電影在商業影院曾放映過，你認為此片如何？

鄭樹森　此片實在乏善可陳，在商業上可能成功，印象中當時亦頗受歡迎，但水準一般，而且十分「好萊塢」，無甚突出。反而演員的演出比導演手法較高。深作欣二的作品，整體都很商業化，十分「主流」，個人色彩並不鮮明。唯一較特別的，可能是一九七三年黑幫片《無仁義之戰》，用今天眼光來看，這是一部較接近「cult」（邪典電影）的作品，唯部分地方略誇張，也以誇張色彩配合內容。我甚至不覺得他有甚麼佳作，只能算是一位出品具相當水準的技匠。

舒明　他一九八八年的《華之亂》，是否算佳作？

鄭樹森　你提出這部作品的確有道理，這部比《蒲田進行曲》好看。或許由於我倆的文學背景，《華之亂》可能比《無仁義之戰》更佳。《無仁義之戰》只可視為日本黑幫片的先驅，比

《無仁義之戰》1973

東映／製作
笠原和夫／腳本
菅原文太、松方弘樹、梅宮辰夫／演員
99分／彩色

Fukasaku Kinji

ふかさく きんじ

較有時代味道的作品。《華之亂》寫女詩人與謝野晶子的故事；所有關於作家的電影，最困難的都是表達作家內心世界和創作過程，這部片子也不例外。不過，此片較成功的是在描寫時代方面，表達在新舊交替之間一群作家如何掙扎，迎合所謂現代性的來臨。對於不熟悉日本時代變遷的觀眾，此片可幫助他們了解這個時代。就水準而言，《華之亂》仍很難算是佳作。

舒明

深作欣二生於一九三〇年七月三日，死於二〇〇三年一月十二日，一九五四年開始作助導，一九六一年任導演，畢生作品六十部。深作欣二在日本的評價很高，他在好些十大名單的排名並不低。日本評論界喜其作品娛樂性高，具創作活力，好看。一九七八年的《柳生一族之陰謀》，大受歡迎，甚至復興了時代劇、古裝片、武士片。因為當時武士片在日本雖受歡迎，但只由電視開拍，沒有人投資拍此類電影。深作欣二的這部《柳生一族之陰謀》，叫好叫座，令日本的武士古裝片重新引起觀眾注意，在電影史上應記一功。他晚年所拍的《大逃殺》（二〇〇〇），也成了大新聞。嚴格來說，他的電影都是較粗糙、商業化。

鄭樹森

我同意你所說的「粗糙」。把深作欣二與其他日本電影導演比較，例如剛才談及的十位導演，他們都有一定的個人風格，兩相比較，異同互見。與世界主流類型電影比較，他的電影在技法上卻不太圓熟，跟貴乎圓熟的「技匠」又有一點距離。

Fukasaku Kinji

《忠臣藏外傳四谷怪談》

15

熊井啟

くまいけい

一九三〇—二〇〇七

《千利休．本覺坊遺文》

Kumai Kei

鄭樹森

熊井啟是十大電影入選導演的第十五名，十大入選次數八次，榜首三次。這位導演頗值得注意，因為他入選榜首三次，超越了成瀨、新藤、內田的二次，溝口甚至只得一次。

舒明

熊井啟的作品不多，二〇〇七年五月二十三日去世，一九三〇年六月一日出生，生平只拍了十九部電影。第一部作品是一九六四年的《帝銀事件》。他一開始拍電影，已強調作品的社會性及伸張正義，這風格一直延續到最後。二〇〇一年《日本黑色夏天：冤獄》，完成於日本地鐵沙林事件給廣泛報導之後。電影講的是一九九四年長野縣松本市的毒氣沙林事件，一位無辜者被冤枉是行凶之人，後來才知道那次事件是奧姆真理教（Aum Shinrikyo）的教徒所為，影片是揭發社會黑暗問題之作。

熊井啟位列榜首的三部電影是一九七二年的《忍川》、一九七四年的《望鄉》和一九八六年的《海與毒藥》。《忍川》和《望鄉》都有栗原小卷參與演出。《望鄉》由田中絹代飾演年老的娼婦，栗原小卷是記者，得悉從前日本有妓女到東南亞賣春，且為國家所棄，女記者遂訪問和追尋她們的下落。電影最後一幕指出這些妓女的墳墓的方向，在地理上故意背著她們的故鄉日本。

鄭樹森

這一幕的意思是，日本這些貧家婦女被賣去南洋一帶，強迫在異鄉當娼妓；她們對被遺棄及剝削而造成的悲慘命運，刻骨銘心，最後甚至對日本國族深惡痛絕，主動安排去世後，墳墓要背對日本，不要望鄉，正好與片名《望鄉》構成反諷。這部片子是比較知名的，當年在日本曾引起爭議。《望鄉》是第一部把日本女性國民遠賣他鄉為娼這事揭露出來的電影。

舒明

這事不是發生在二戰時期的，而是在較早的時代，持續到戰時。那些女性主要是家貧、受騙，給人賣到東南亞作妓女。

くまいけい

除了這部電影外，還有一九八六年改編自遠藤周作（一九二三－一九九六）的《海與毒藥》，講述日本侵華時期，日本解剖俘虜做實驗，但卻不用麻醉藥，電影就是批判這種殘酷性。

鄭樹森 熊井啟的電影一向相當嚴謹，不濫拍，在攝影、美術設計等均非常出色，但他的電影好像拍得不夠「放」，對嗎？

舒明 熊井啟的電影，以目前我們所能看到的，都可用「法度謹嚴」來形容。印象中他的確不是一個有重大突破的導演，但他每一部戲都相當完整，雖然沒有鮮明的個人風格，但所處理的題材和個人立場，持續一貫，整體而言，頗為精緻。

鄭樹森 佳作和水準作不少。

舒明 對，非常同意。二〇〇二年《大海的見證》在個別影像的處理，比他之前的作品更突出。該片用的是黑澤明的原著劇本，很難想像黑澤明來拍的效果如何，但現在熊井啟的這一部，則可視為佳作。《望鄉》是佳作，可能因為電影題材的特殊，對我們華人觀眾尤其震撼。我們過去只知道有東南亞各國的慰安婦對日本軍國主義的控訴，對日本賣春婦的情況並不了解，故看後心有戚戚焉。過去西方和台港觀眾可能會因這個題材而加分。

鄭樹森 題材討好，日本以外的華人觀眾對此片特別有好感。一九七二年《忍川》（香港譯名《苦戀》），屬黑白片，你看過沒有？

舒明 《忍川》也不錯。

在電影裡，栗原小卷演一名女侍應，講述她的戀愛故事。

鄭樹森　表面是戀愛故事，實質處理階級問題。當年此片令人印象甚深，但這類因男女雙方出身不同而造成戀愛悲劇的題材，在我們五四之後頗為常見，對於華人觀眾來說，似乎沒有《大海的見證》般令人印象難忘。

舒明　《忍川》較sentimental。男主角的家庭背景，令他有很多陰暗面，全片也涉及男主角的成長和戀愛，抒情的描寫有強大的感染力。故熊井啟的佳作起碼有三部：《忍川》、《望鄉》和《大海的見證》，傑作則很難說。

鄭樹森　熊井啟仍然是一位很值得欣賞的導演。

舒明　他受推崇的還有一部《千利休．本覺坊遺文》，我也看過，當年的評價比勅使河原宏的《利休》還要高。此片依舊拍得很嚴謹，但似乎仍未及傑作水準。

鄭樹森　我覺得熊井啟的電影通常都很完整，沒有什麼缺失；但正因在完整中沒有甚麼耀目之處，反而有缺了「臨門一腳」之感，英文的說法就是缺了「最後一哩路」（the last mile）。以香港的考試等級來說，他整體平均，都是只達到「良」而未及「優」的水準。不過，他任何一部戲，都不會令人失望。

《望鄉》1974

山崎朋子／原著
熊井啟、廣澤榮／腳本
栗原小卷、田中絹代、
高橋洋子／演員
121分／彩色

Kumai Kei

16

大島渚

おおしま なぎさ

一九三二—

《戰場上的快樂聖誕》

鄭樹森　以下討論的一位，是令我們稍為意外的排名，那就是大島渚。大島渚在其他排名榜上的位置甚前，經常在十大的中間位置。在這次八十年《電影旬報》十大電影入選導演的統計表中，他排第十六，入選次數十二次，榜首一次。

舒明　他榜首的電影是一九七一年的《儀式》。此片當年我看過三次，非常欣賞。本片以一個大家族為中心，在婚禮、喪禮等場面上，所有家族成員，包括私生子等均到來，由此揭露在父權陰影下，各家族成員的不愉快生活。電影的敘事方式也相當特別。最近重看，感受上已褪色。這是否與本片的題材有關？還是自己年紀大了，激情退減，不再那麼欣賞一些批判性強的電影？

鄭樹森　我想倒是與看戲多了的關係更大。

舒明　事實上，大島渚的確存在一些問題。因為他的電影較偏鋒，題材具爭議性，常意念先行，今天回頭重溫大島渚的電影，跟三十年前所看的感受，分別很大，反而像小津安二郎的作品，六十年代時覺得很好看，現在事隔近五十年，再看，仍然感覺新鮮，這可能是大島渚與小津的最大差別。

鄭樹森　小津可謂歷久常新。在一九六〇年代看大島渚的電影，每一部都很震撼。例如一九六九年的《新宿小偷日記》及《少年》、一九六八年的《絞死刑》等，甚至在美國藝術電影院，為配合新片而一起放映的《青春殘酷物語》（一九六〇），在當年都可說相當震撼。今天回顧，大島渚的震撼及其意義，可能與當時日本及世界的動盪有關。一九六〇年代的後期，是全世界學生運動風起雲湧的時間、反戰的高潮，更是嬉皮的時代。日本是學運、工運、赤軍游擊隊活動的高峰期。因此，大島渚當年的電影，相當吻合整個時代的精神，故我們年輕時看他的作品，較容易認同，在西方其作品亦普受肯定。

Oshima Nagisa

おおしま なぎさ

舒明

大島渚電影的形式具實驗性，與六十年代初期歐洲電影的實驗性，以及美國的實驗電影，在精神上互為呼應。可能在形式及內容上能吻合世界的潮流，令大島渚在西方享譽甚隆。此外，大島渚自出道以來，都是徹底反傳統、堅定反建制，甚至可以形容為相當「反日本」的導演，在六、七十年代，無論日本國內或國外，均較容易得到前衛文化界的肯定。

在他眾多作品中，《儀式》的確是較為細緻的作品，總結了他六十年代的導演經驗。至於後來一九七六年的《感官世界》和一九七八年的《愛的亡靈》，在情慾表現上非常大膽、極具爭議性，甚至一直以來無法公開放映，不少國家或地方都禁映。我記得已故香港知名電影學者林年同教授說過，當年義大利米蘭，大島渚的這類電影是當「春宮片」來看的。直到八十年代，我們才看到較為完整的版本。一九八三年《戰場上的快樂聖誕》，表面上以戰爭時期為背景，其實是寫近乎同志愛情的一種內在較勁，相當特別，可能在同志電影上佔一席位，但整體來說，反而不及他六、七十年代所拍的那麼具挑戰性。一九九九年的《御法度》也頗有顛覆性，表達在日本武士道裡的同志戀情，不過從歷史方面來說，這是西方的觀點。從日本的角度來看，武士在年輕時候有一同性戀人的情況，相當普遍，一度也很尋常。但同志武士絕對合西方胃口。

整體而言，他有不少電影值得一看，但部分現在看來有些過時、褪色，震撼大不如前，以歷史意義而言，他的作品在電影史上，也具有回顧的價值。

對於大島渚的意見，我們兩人都頗相似。大島渚生於一九三二年三月三十一日，一九五四年進入松竹公司任助導，一九五九年開始執導，作品約有二十五部。他很容易令人聯想起法國的尚盧·高達。欣賞他的人會把他看得很高，對他不感興趣的話，除了早年的四、五部外，其他也不想多看。《新宿小偷日記》部分片段頗出色，當時頗震撼，例如在新宿的紀伊國屋書店內，把不同的文字、語言，用了多重音軌的聲帶，組織成像交響曲的效果，

Oshima Nagisa

非常突出，在其他電影從沒出現過。你對這個片段有沒有印象？

鄭樹森 對，肯定有這個情況。由一九六〇年的《青春殘酷物語》、《日本的夜與霧》、一九六六年的《白晝的色魔》、一九六九年的《新宿小偷日記》、一九六九年的《少年》都有這類出色的片段；更莫說一九七一的《儀式》，甚至一九七六《感官世界》和一九八三年的《戰場上的快樂聖誕》，每一部均有一些片段，剎那間令人動容。不少西方影評人，包括我很多朋友在內，有時咬緊牙關才能看完的《感官世界》，他們都覺得片中有個別場面，其出色之處，不下於爭議性甚大的義大利同志導演帕索里尼（Pier Paolo Pasolini）。大島渚佳作甚多，歷史意義甚高，但似乎沒有個別突出的傑作。比較完整的，可能是《日本的夜與霧》、《少年》和《儀式》。

舒明 《日本的夜與霧》相當完整，不過說理太多，較為沉悶。

鄭樹森 現在發行了一套完整的大島渚全集，重看過以後，大島渚與你剛才提及的高達確有幾分相似。大島渚往往意念先行，所要表達的觀點很容易在電影裡看到。他這種與日本主流文化針鋒相對的觀點，可能令他在排名上偏高，因為日本文化界及影評界都會稍為傾向「反建制」的一方。事實上，他在國外甚享盛名，日本的名氣也頗大，只是在這次《電影旬報》選舉中，才跌到較後位置。大島渚可謂絕對反傳統、反日本的主流文化，其電影具邊緣的視野。不過，國內外對他的推崇，今天看來有些過譽。因為六十年代是全球的反叛年代，大島渚電影的「反叛」，例如代表作《新宿小偷日記》等，僅可謂與當時世界性反建制、要求顛覆的浪潮同步。《少年》的題材頗傳統、《儀式》講大家族父系的故事，以至後來的《感官世界》等，除了反叛、反主流之外，其實均相當粗糙，意念先行。《御法度》色彩相當流麗，不過功勞應該屬於攝影師，而非導演。概括而言，大島渚在日本的確開闢了另類電影風格，很多佳作，但沒有傑作。

17a

豐田 四郎

とよだ しろう

一九〇五—一九七七

《四谷怪談》

鄭樹森 豐田四郎在《電影旬報》十大電影入選導演排第十七名，入選次數十一次，榜首一次。

舒明 豐田四郎入選榜首的一次是在戰前，即一九四〇年的《小島之春》。他屬於年紀較大的導演，以改編文藝作品而著名，所拍的《恍惚的人》（一九七三），原著為有吉佐和子（一九三一—一九八四）的小說，由高峰秀子主演，題材較為獨特，由許鞍華導演、喬宏主演的香港電影《女人四十》，有點重拍《恍惚的人》之味道。

鄭樹森 我也看過原著小說《恍惚的人》，處理的題材是老人癡呆症（Alzheimer's disease），有時另有一「dementia」（直譯為瘋狂錯亂）名稱，較可怕。《恍惚的人》有英譯本，在日本國外也頗有反響。在現代世界小說裡，可能是最早處理這個題材的作品。我記得與大江健三郎先生的一次對談中，他雖沒有提到這本小說，但卻相當喜歡有吉佐和子的小說，認為值得向讀者推介。豐田四郎改編的這部電影，在處理同類題材上，可能也算是比較早的。（倒是二〇〇六年的《明日之記憶》，處理的也是老人癡呆症，但全片鋪陳有致，男女主角演出一流，感人至深。相比之下，豐田四郎更見弱勢。）不過，整體觀之，豐田四郎是一位較為乏善可陳的導演，沒有甚麼作品令人留下深刻印象，改編文學作品的功力，遠不及市川崑。他的改編只是把原著情節充分表達，影像不見出色，甚至沒有個人風格，有時還把原著糟蹋了，例如他改編川端康成的《雪國》，相當令人失望。

舒明 不過，他改編過森鷗外（一八六二—一九二二）的《雁》（*The Mistress*）（一九五三），在美國也上映過，由高峰秀子主演一位中年男子的情婦，另一位大學生卻同時愛上她。你看過這部電影嗎？

鄭樹森 沒有看過，倒是讀過原著。

Toyoda Shirô

とよだしろう

舒明 早期有些人也會提起這部電影，高峰秀子演得不錯。另他的《四谷怪談》（一九六五），由岡田茉莉子主演，香港也上映過。

鄭樹森 假如香港老一輩觀眾對豐田四郎還有印象的話，可能就是來自《四谷怪談》。

舒明 此片拍得不俗。

鄭樹森 這或基於《四谷怪談》故事夠吸引，中國拍這類恐怖片不太成功。一九六〇年代的觀眾對此片既愛且怕，重看多遍的也大有人在，一再入場接受電影帶來的「戰慄感」，印象中這部電影也相當賣座。

舒明 另外他改編芥川龍之介（一八九二—一九二七）的《地獄變》（一九六九），由仲代達矢主演，香港觀眾對這些電影可能還有印象，但它們最多只是水準作。《恍惚的人》是否可列為佳作？

鄭樹森 因為現在沒機會把豐田四郎的電影集中重看一遍，很難評估。

舒明 豐田四郎一九〇五年十二月二十五日生，一九七七年十一月十三日辭世，一九二九年首回執導，一九七六年的最後作品《妻和女之間》由市川崑幫助完成，一生作品約有六十二部。一九五六年曾替東寶拍成《白蛇傳》，由池部良和山口淑子（李香蘭）主演。水浸金山一場，當年由圓谷英二以特技處理，比香港拍的白蛇傳影片逼真。

《恍惚的人》

Toyoda Shirô

17
b

吉村公三郎

よしむら こうざぶろう

一九一一—二〇〇〇

《安城家之舞會》

Yoshimura Kōzaburō

鄭樹森 吉村公三郎在《電影旬報》十大電影入選導演同樣排第十七名，入選次數十一次，榜首一次，與豐田四郎齊名。

舒明 生於一九一一年九月九日，死於二〇〇〇年十一月七日，一九三〇年首回執導，拍片四十年，作品約有六十部。吉村公三郎亦是非常有名的導演，他入選榜首的是一九四七年《安城家之舞會》，由森雅之、原節子主演的，講述貴族沒落，有些「Chekhov」（契訶夫）的色彩。該片在二〇〇七年八月香港回顧「松竹經典」時，亦曾重映過兩場。他的名作也有好幾部。例如：一九三九的《暖流》，講述一位富家子擇偶時，有兩個對象：一位是護士，由水戶光子飾演，另一位是高峰三枝子主演的富家小姐。此片公映時頗能引起觀眾共鳴，兩位女性紛紛成為男性擇偶的代表。甚至產生過這樣的說法：戰後留落東南亞一個日本士兵，數年後被發現時，表示他喜歡水戶光子型的女人！可見此片當時深入民心。吉村公三郎與幾位女演員合作拍了幾部充滿京都色彩的電影，如京町子主演的《虛偽的盛裝》（一九五一）、山本富士子主演的《夜之河》（一九五六）等，可惜我沒有機會看到。

鄭樹森 吉村公三郎是否以《安城家之舞會》為代表？

舒明 是。他還拍過黑白片《源氏物語》（一九五一），於一九五二年在法國坎城影展榮獲攝影獎。他的特點是無論拍什麼題材，他都很熟悉，皆有表現。吉村公三郎與新藤兼人在五十年代意氣相合，兩人於一九五〇年創立的「近代映畫協會」，是日本歷史最悠久的獨立製片公司。吉村公三郎卻甚少在這間公司拍片，因為他實在太適應大公司制度，公司給他拍什麼都行。反而新藤兼人不同，新藤除了寫劇本之外，只喜歡拍自己想拍的題材，須用低成本製作電影，故多由自己這間獨立製片公司出品。

17c

篠田正浩

しのだ まさひろ

一九三一—

《心中天網島》

鄭樹森　篠田正浩與豐田四郎、吉村公三郎的總分相同，在《電影旬報》十大電影入選導演排第十七名，入選次數九次，榜首一次。

舒明　篠田正浩是松竹新浪潮的名導演，名氣僅次於大島渚。當年大島渚、篠田正浩和吉田喜重三位都是出身於松竹公司的助導，成為導演後不久即自組公司拍攝電影。篠田正浩在一九三一年三月九日出生，拍電影的時間相當長，一九六〇年拍攝第一部電影，二〇〇三年完成《間諜左爾格》之後退休，執導四十四年，創作了電影三十三部。

鄭樹森　印象較深刻的篠田電影，可能是一九六九年改編自日本傳統戲劇的《心中天網島》；另有一九七一年的《沉默》、一九八四年的《瀨戶內少年棒球隊》、一九八六年的《槍聖權三》、一九九〇年的《少年時代》，這幾部都是大家較熟悉的。較少人知道的是一九六五年的《異聞猿飛佐助》。

舒明　篠田正浩在早稻田大學讀戲劇，對戲劇很感興趣，故不少作品都是改編自日本古典戲劇「淨琉璃」，即我們所說的「傀儡戲」，例如《心中天網島》、《槍聖權三》等。另他拍過黑幫片，一九六三年《乾花》講述出獄後的黑幫分子遇上一神祕女子的故事。他也拍過文藝片，一九六五年《美麗與哀愁》改編自川端康成（一八九九—一九七二）的小說。他有一部紀錄片很出名的，那是一九七二年的《札幌奧運會》。與一九六五年的世界奧運會不同，篠田正浩拍的是在札幌舉行的冬季奧運會，抒情色彩很濃。

早前我們提及新藤兼人《竹山孤旅》以盲眼三味線藝人為題，同年篠田正浩也拍了一部《孤苦盲女阿玲》（一九七七），同樣講述失明少女自少習藝，後來變成流浪藝人，同年選入十大電影，前片得三百一十分，排名第二，後片二百八十一分，位列第三。一九八九年他改編森鷗外的小說《舞姬》，以留學德國的主角與當地女子談戀愛為內容。對比於拍

Shinoda Masahiro

しのだ まさひろ

了九十多部電影的導演如市川崑，篠田的作品不算太多，但相對於只拍了十多部作品的導演如熊井啟，他的產量也不算太少，一般對其作品的評價甚佳，故有十一次入選十大。我個人較欣賞的是一九九〇年的《少年時代》，該片背景是在二次世界大戰中，講述東京家庭把小孩子疏散到鄉村上學、生活。一九六九年的《心中天網島》曾引起外國的注意，你的意見如何？

鄭樹森 我們大約看過篠田正浩十多部電影。他最近一部《間諜左爾格》較失敗，間諜的雙重性及由時代所加諸於個人的抉擇及困難，未能充分表達，整體有點混亂。相對而言，我較欣賞一九六九年的《心中天網島》及一九八六年的《槍聖權三》這兩部古裝片。兩片均令觀眾感受到重構出來的時代特色。當然，過後回想、重新咀嚼，是另一回事，在銀幕上觀影時則令人即時另有感受。

舒明 這兩部電影是否可視為傑作？還是屬於佳作？

鄭樹森 《心中天網島》和《槍聖權三》都是比較出色的作品，《心中天網島》是佳作。至於印象最深刻的篠田作品，是一九八四年的《瀨戶內少年棒球隊》，這部電影我甚至覺得比《少年時代》更出色。

舒明 《瀨戶內少年棒球隊》的內容與稍後的《瀨戶內月光小夜曲》（一九九七）和《少年時代》有共通之處。三部電影都是以四十年代初為背景，《瀨戶內少年棒球隊》較豐富，主要是多了三項內容：

第一，提及戰敗後美軍開進日本本土，因而傳入美國文化，少男少女愛上打棒球。

第二，片中有一女孩的父親被判為戰犯，判處死刑。

第三，兄弟之間亦捲入一些愛情故事之中，表現戰亂時的時代精神。

鄭樹森

《瀨戶內少年棒球隊》、《瀨戶內月光小夜曲》和《少年時代》有相似的地方，但我反而覺得後兩部除了情節上沒那麼豐富外，角色也較單薄。若把此三部電影視為「三部曲」，《瀨戶內少年棒球隊》是「第一部曲」，在三部之中也是最成功的。美軍佔領日本、軍事統治期間，廣為人知的麥克阿瑟將軍，被日本人稱為「麥克天王」，此片的英文譯名為《麥克阿瑟的兒女》（*MacArthur's Children*），更能傳達此故事的背景及情節。由麥克阿瑟所代表的美國軍事管理，為當地帶來美日文化衝突下的變動，日本這一批戰後成長的青年人，正受到此影響。個人而言，《瀨戶內少年棒球隊》，加上《槍聖權三》、《心中天網島》，均屬佳作，而《異聞猿飛佐助》和《少年時代》絕對是水準作，迫近佳作。篠田正浩可說是水準甚為平均的導演。

舒明

篠田正浩的電影有兩大特色：

首先，對形式美相當講究。與熊井啟的電影一樣，篠田正浩的視覺風格也很一貫、統一。

在此順提一筆，有幾位日本導演與著名女演員結婚，婚後太太繼續演戲，且多在丈夫電影中擔當重要角色，例如，大島渚太太小山明子主演過《白晝的色魔》、《儀式》及《少年》等。吉田喜重的太太岡田茉莉子亦主演過七部電影。篠田正浩則更明顯。其夫人岩下志麻在小津安二郎《秋刀魚之味》初顯才華，其後多次在篠田正浩電影中擔任女主角，包括你所說的佳作《心中天網島》與《槍聖權三》，其演技之精湛有目共睹。

Shinoda Masahiro

しのだまさひろ

鄭樹森

其次，篠田正浩喜歡改編文學作品，除古典戲劇外，也有現代小說，例如他在一九六五年就改編了川端康成的《美麗與哀愁》，一九七一年亦有遠藤周作的《沉默》，這一點我們也有談及。你認為此片如何？

我不認為《美麗與哀愁》這部電影拍得很成功。這可能與川端的原作有關，它是一個很難處理的故事。篠田正浩選這個題材搬上銀幕，本身就吃力不討好，影像效果遠不及他的其他佳作。天主教教友常提及一九七一年的《沉默》亦如此，此片甚至可稱為失敗之作。《沉默》改編自日本天主教作家遠藤周作的作品，原著國際知名，但電影整體效果相當突兀，亦沒什麼佳句，尤其是外國演員的演出，篠田正浩駕御不力。我對這部電影的看法有三：

第一，表現中規中矩，尚能完整交代原作。

第二，電影講傳教士在十六世紀末自葡來澳門後，冒死自澳門偷闖日本長崎鄉下，被捕後放棄信仰、尋且叛教及放棄清規，過於平鋪直敘。

第三，片中最大的敗筆是：電影開頭傳教士（主角）以日記寫下見聞，畫外音有內心變化及個人感言。但片末之大逆轉（即畢生信仰之放棄，主要以肉體痛苦為由，而其老師之叛教、留在日本勸老百姓不要信教、名古屋之耽於女色），均未有內心說明。前後突兀，太不一致。

相對而言，篠田改編的失敗反照出市川崑的成功。很奇怪，篠田正浩處理傳統作品就好得多，例如《心中天網島》、《槍聖權三》便是。

舒明 這兩部都是改編自同一位作家近松門左衛門（一六五三─一七二五）的「淨琉璃」（傀儡戲），近松門左衛門可說是日本的莎士比亞。

鄭樹森 一九九五年的《寫樂》，你的看法如何？

舒明 《寫樂》亦曾入十大名片，講的是歷史上「謎」一般的人物。故事中那位以歌舞伎演員為題材的畫家，突然之間消失了。篠田正浩頗喜歡以江戶時代為背景，一九七〇年的《無賴漢》也是關於江戶時代的故事。《寫樂》屬水準作。整體而言，你是否認為熊井啟的水準，比篠田正浩為佳？還是兩者位置相若？

鄭樹森 我覺得兩人的水準差不多。不過，我們看熊井啟的作品不及篠田的多，而看過的，都是法度謹嚴的作品，甚少敗筆。篠田的作品看得多以後，總覺得他的電影多屬水準作，但其中有些卻是原著非常成功、改編後卻非常失敗的電影，例如之前提及的《沉默》、《美麗與哀愁》，令人失望。相對於新藤兼人的《竹山孤旅》，篠田正浩的《孤苦盲女阿玲》以故事為主，人物鮮明，雖然可以一看，但缺乏藝術創意。篠田正浩水準參差，偶有佳作。一九七四年的《卑彌呼》又如何？

舒明 《卑彌呼》我從前看過一次，此片在形式上較突出，與一九七九年《夜叉池》有點相似，人物怪異，色彩奪目。篠田正浩頗喜歡古典角色的人物，在造型等形式上令人印象較深刻，但總括來說，缺乏特別出色的不朽之作，傑作難求。

Shinoda Masahiro

20

くろき かずお
黑木 和雄

一九三〇—二〇〇六

《和父親一起生活》

鄭樹森

現在我們進入討論在《電影旬報》十大電影入選導演中排名二十的黑木和雄，入選次數八次，榜首一次，總分是五十五分，與排在第十七的三位只差四分。

舒明

黑木和雄生於一九三〇年十一月十日，二〇〇六年四月十二日去世，近幾年他有好幾部作品大受讚揚，他的榜首電影二〇〇三年《霧島美麗的夏天》即屬一例。黑木和雄其實在一九五八年已開始拍電影，產量不多，多屬紀錄片。他的風格和對題材的處理均很特別，絕非一般的商業導演，可謂是「少數人」尊崇的導演。一九七四年的《龍馬暗殺》、一九七五年的《節日的準備》，都得到好評。

八十年代以後，一九八八年的《明日》，講述原子彈爆發後的長崎，此與我們常見關於原子彈在廣島爆發的題材有別。「明日」指長崎在原爆前的一日，片中表現當時一般平民的生活狀況。有人稱《明日》是黑木和雄「戰爭鎮魂曲」的第一部，二〇〇三年的《霧島美麗的夏天》是第二部，二〇〇四年《和父親一起生活》是第三部。在二〇〇六年的《紙屋悅子的青春》，講述的同樣是那個時代的一位女性生涯。可以說，近二十多年來令他揚名的這四部電影，都是關於日本二次世界大戰時都市人的生活。

這與他的成長關係密切。黑木和雄在一九四四、一九四五年間，約十多歲，親歷戰時境況，目睹不少同學在他面前被炸死，當時他卻驚慌得沒去救人，一直以來都背負著這種罪惡感和內疚，到晚年才拍出這一系列的電影。這種生活體驗，加上技法純熟，故他極能表現那個時代的精神。

還值得注意的是，二〇〇六年日本戰敗後的六十年，日本民眾開始回溯那時候的感情。試想想，現在八十多歲的老人，當年正值盛年，如今回顧，他們必定有很多回憶。近幾年在日本，只要能呈現那個時代的好電影，無論是經歷過還是只想了解那個時代的觀眾，都容

Kuroki Kazuo

易引起共鳴。也許，現在對黑木和雄的評價可能是偏高了。

鄭樹森 《霧島美麗的夏天》及《和父親一起生活》拍得相當抒情，個別場面帶有田園式的寧靜。以題材而言，與篠田正浩《瀨戶內少年棒球隊》、《瀨戶內月光小夜曲》和《少年時代》頗類似，篠田正浩可說是先行者，超越過黑木和雄。若以處理題材的先驅性和處理手法的圓熟來看，篠田都稍勝。在評價黑木和雄上，多少要考慮到「珠玉在前」的篠田。

舒明 這正正是我想說的。一般人的評價，通常不會考慮有沒有人比黑木拍得更早、更好，不少人只是因為黑木那幾部片可趕上「戰敗後六十年的歷史性懷舊」潮流，因而覺得非常出色。假如目光放遠些的話，或者多與其他導演比較，可能會認為黑木不如篠田。

鄭樹森 我一直也有這種看法。前幾年黑木入選十大或居榜首，我也不斷與你討論，質疑這個結果。有時某一年或某一段時期的作品可能會出現這樣的成績，但日子過去了就有變化。有時票選也受觀影上的時效影響。由於當時正值日本盛行「回顧」，他這幾部電影便容易引起共鳴。反而一九九〇年的《浪人街》，你的意見如何？

舒明 在未講《浪人街》之前，我還想補充一點。拍了《瀨戶內少年棒球隊》等三部作品的篠田正浩，他雖然只比黑木小一歲，影片中對戰爭的描寫，與黑木和雄拍成的《明日》、《霧島美麗的夏天》和《和父親一起生活》，感受程度並不相同。《明日》在一秒之間所有東西都灰飛煙滅，《霧島美麗的夏天》有轟炸場面，最後結束時，片中的小孩還想反抗，只是美國士兵只向天開槍，沒有射擊他。《和父親一起生活》更特別，廣島被炸的那幢建築物經常在片中出現，而女主角的父親當年立即被炸死，女主角卻倖存於世，她遂得與父親的鬼魂展開對話。淺野忠信飾演女主角的男朋友，他專門收集廣島原爆後變形的物件。戰爭中的受害者和受破壞的景物，令人印象難忘。篠田正浩的三部電影，好像只有背景。

鄭樹森 篠田正浩屬側寫，黑木和雄屬正寫。雖然兩人各有不同，但我覺得黑木和雄的處理手法稍欠含蓄。《和父親一起生活》中與亡靈對話的場面，似乎略有新意，但其實在古巴和南美洲一帶，這類具魔幻寫實主義的手法，無論在電影還是小說都頗常見，個人認為新鮮感不太大。

舒明 至於《浪人街》的題材，很多人已拍過，我想黑木和雄的這一部，給人印象最深的有二：第一，殺陣，尤其是幾幫人對打的結局，頗為逼真，引人入勝；第二，幾個角色也演得很突出，包括石橋蓮司、勝新太郎和原田芳雄，三個男性角色都演得很有性格。此片在當年的十大名片中，排名第八，但肯定不是傑作。看來，黑木和雄並沒有傑作？

鄭樹森 沒有。《霧島美麗的夏天》還尚可稱為比較勉強的佳作。

《霧島美麗的夏天》2003

松田正隆、黑木和雄／腳本
寺島進、牧瀨里穗、石田惠理、柄本佑、原田芳雄／演員
118分／彩色

Kuroki Kazuo

十大名片

十大導演代表作●另十位導演代表作

遺珠篇●平成年代●總結

2

壹

十大導演代表作

小引

《電影旬報》十大電影入選導演的討論已於上一部分結束，鄭樹森和舒明已得出一個十大導演的名單，為方便日本電影影迷和一般電影愛好者，這一部分將分為四節：

第一節：在十大導演的傑作中，為每一位導演再選出一部代表作，方便認識十大導演的個人風格及特色。

第二節：另有十位雖沒有進入十大，但也會從中各選一部代表作，供影迷參考，名為「遺珠篇」。

第三節：在十大以外，值得討論的導演，在此補充。

第四節：晚近「平成年代」電影導演的推介。

1 黑澤明

鄭樹森 由於之前我們討論導演時，已多少涉及他們的電影及其風格，除非我倆意見相左，才會跟進討論，否則現在我們只是選出代表作。

舒明 我們先選十大第一黑澤明的代表作。你會選哪一部？

鄭樹森 我相信我會選一九五四年的《七武士》。

舒明 同意。

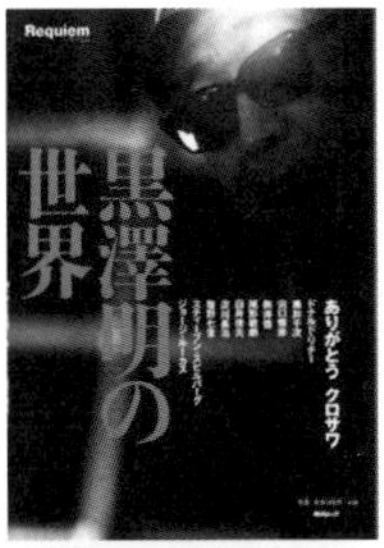

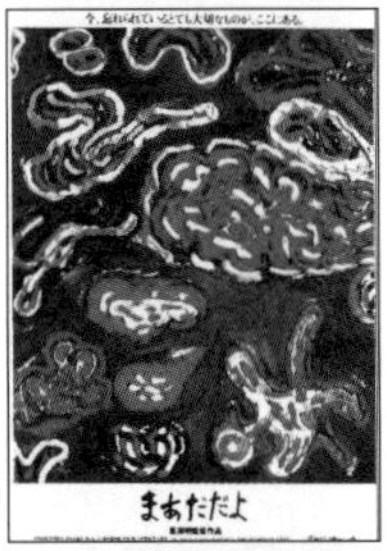

黑澤明相關出版品

小津安二郎相關出版品

2a 小津安二郎

鄭樹森 小津安二郎又如何？

舒明 最熱門的一般會在《東京物語》和《晚春》之間選一部，而以前片接近眾望所歸，但似乎我們亦特別欣賞他一九五九年的彩色電影《浮草》，這部作品是他替大映而非松竹公司開拍的。

鄭樹森 相信《浮草》是一個令很多影迷以至影評人都感到意外的選擇，他們一般都會選《東京物語》。我個人認為《晚春》和《浮草》不下於《東京物語》。《浮草》既有小津風格，又歸納了很多小津的關懷，有代表性，此片對一般影迷來說，更具歸納作用。但《晚春》在主題（世界觀）和影像風格兩方面，早在一九四九年已圓熟地涵蓋小津後來的作品。主題和題材方面，《浮草》稍為不及《晚春》那麼概括。

2b 溝口健二

鄭樹森

溝口健二頗難選，因為每一部都可以成為傑作中的代表，而我則會選《元祿忠臣藏》，一來此片屬日本傳統故事，相當能代表溝口對日本古典傳統的持續呈現，其次是電影在形式上的獨特和成功。

舒明

這可能是最令人意外的選擇，但我們主要考慮到「重新評價」和「該片一向給低估和忽略」這兩點而得出這個結果。該片當時甚至不止給「低估」，簡直是受到「苛評」，非常受忽視。其實，只要把這部電影與其他百多部「忠臣藏」的電影比較，溝口這一部明顯鶴立雞群，現在值得為他大力平反。

鄭樹森

「忠臣藏」的故事猶如《三國演義》之於中國，溝口是唯一把這個故事與日本建築美感、特殊建築形式結合的導演，更以極為流暢的鏡頭調度表達，加上他在講述「忠臣藏」故事時處理得頗特別，實不應因為電影出現在日本軍國主義時期，而把這部電影視為一種「政策電影」。這次我們特別推介這一部，大家或可重新認識溝口的獨特之處。

溝口健二相關出版品

4a 木下惠介

木下惠介相關出版品

舒明　至於木下惠介，傳統上大多推薦《二十四隻眼睛》。我知道你對此有不同的意見。

鄭樹森　《二十四隻眼睛》在歷史地位上無可置疑，片子也非常感人，唯就電影手法而言，我認為拍於同時代、同背景，卻沒有那麼感傷（sentimental）的一九五一年《卡門還鄉》，是木下的代表作，該片演出更為精彩，人物較為豐富，也是日本第一部彩色片。

舒明　我會同意這個選擇。事實上，每位導演幾乎都有幾部傑出的作品，我們在取捨之間也「痛苦不堪」。我們這樣的選擇並非標奇立異，而是他們的傑作的確值得重新審視。

4b 市川崑

鄭樹森

一九八三年的《細雪》，是市川崑非常出色的作品。全片通過四姊妹命運的交集來鋪陳家族故事，以二戰全面爆發前為背景，既預兆（anticipate）又開始了日本傳統（封建）社會的崩解，更直指以京都為核心的關西文化（日本古典文化），最終在現代化及戰爭下，無可避免的沒落。這個舊家族的解體，從小說到電影，都代表日本精緻文化、傳統感性（sensibility）之無以為繼。市川崑的改編，最後得夫人和田夏十的力助，以濃稠的劇本、精美的衣裝、考究的道具、演員的功架，重現一個我們通過文字（原著有兩個中譯本）祇能想像的逝去的世界，滄桑感滿溢每一格畫面，為日本電影史上僅見。全片以觀賞櫻花（日本傳統感性及文學原型之「mono no aware」、「物之哀」的代表意象）開始，以建築空鏡（此處頗為「小津」）告終，貫徹以韓德爾（Handel）的音樂，完美無瑕，更是餘弦不斷。對時年七十的導演，此片未嘗不可視為暮年心境的投射。因此，我覺得市川崑最精彩的是一九八三年彩色電影《細雪》，幾位世代不同的女優的演出很傑出，對時代的哀輓，抒情而不見悲傷，華麗而不炫耀。

市川崑相關出版品

舒明

我前後看過《細雪》五次，最近也看過一次。雖然有些小地方仍不滿意，唯總體來說，這部電影確實很有意義。電影講述漂亮的女主角父母雙亡，一向受到姊姊和姊夫的關懷，但幾次相親竟然失敗，加上其妹早年的私奔間接影響了她的聲譽，在題旨上令我想起珍·奧絲汀的《理性與感性》（*Sense and Sensibility*）。《細雪》其實是寫一個時代，尤其集中描繪大阪的豪華世家，原著小說是劃時代巨著，就這個層面而言，極能代表日本文化。電影的最後結局，是大姊被迫跟隨大姊夫上東京工作，她很自傲地說自己一生從未離開過大阪，意思是以故鄉自傲。對照戰後的新一代，到東京求學及求職者日漸增加，穿梭於世界各地的亦趨普遍，今昔的時代觀念完全兩回事。《細雪》正表達當時那個環境的資產階級的所感所思。市川崑在片中特別注重日本和服之美和女性之美，雖然有人認為有些賣弄，但他對這兩方面的描寫都非常淋漓盡致。

4c 成瀨巳喜男

舒明

這次我們可能同樣的令人出乎意料。我們所選的，是成瀨當年一部沒有入選十大的作品：就是一九六〇年的《女人踏上樓梯時》。這部電影在美國極受好評，影評人大為推賞。此片描繪銀座媽媽桑的際遇，極為感人。

鄭樹森

二十多年來我多次重看《女人踏上樓梯時》，始終認為此片在成瀨的女性電影中，可視為集大成的作品。近年來，這部電影在大西洋兩岸也備受推崇，故我們認為在眾多類似的作品中，可特別選出來為代表，視之為成瀨的「點睛」之作。

7 今村昌平

舒明　今村昌平的《赤色殺意》曾被選為日本十大名片之一。

鄭樹森　一九六三年的《日本昆蟲記》，是否更有今村昌平的特色？因為我們只能選一部，給影迷欣賞導演的特色。

舒明　我一向都傾向以《日本昆蟲記》為他的代表作，但日本方面的十大名片，選的都是《赤色殺意》。我因此重看《赤色殺意》兩次，不過仍覺得全片的內涵沒有《日本昆蟲記》那麼豐富。今村正如英格瑪·柏格曼一樣，有些作品內涵較豐富，有些只屬深刻而已。假如要為柏格曼選代表作的話，究竟選《野草莓》還是《假面》（*Persona*），這有點似要在《赤色殺意》與《日本昆蟲記》之間作選擇。我們選《日本昆蟲記》，即選了柏格曼的《野草莓》。

鄭樹森　正如先前的討論，《日本昆蟲記》是美國大導演馬汀·史柯西斯極為欣賞的電影，這是一個值得參考的意見。

成瀨巳喜男相關出版品

舒明 與《赤色殺意》相比，《日本昆蟲記》更得人心。

8 小林正樹

舒明 我傾向選一九六二年的《切腹》。《怪談》中講述和尚切耳的故事無論在內容和形式上都很突出，但因全片由幾個故事組成，不能視為完整的整體。《切腹》武打場面的設計精彩絕倫，思想性的批判異常深刻。初看如此，四十年後重看依然沒變。

鄭樹森 四十年來，我們差不多每十年都看一次《切腹》，無論故事的鋪陳方式或對武士道的批判，都可說是相當耐看的一部電影。就武士道的批判而言，可說是日本電影史上最出色的第一部。雖然《怪談》同樣在外國的評價很高，唯《切腹》的歷史位置亦值得重視，我認同舒明的選擇。

今村昌平相關出版品

9a 山田洋次

舒明

山田洋次二〇〇二年的《黃昏清兵衛》借藤澤周平的小說世界開展了新的面貌。唯在四部傑作中，我仍然覺得一九九一年的《兒子》較值得注意。《兒子》很多人認為是九十年代的《東京物語》，而你認為它是新版的《楢山節考》。無論哪一種說法，相信此片仍然是傑作中的代表作。

鄭樹森

在山田洋次的傑作中，題材繽紛、殊異，要找一部為傑作，是比較困難的。《兒子》是都市版、現代版的《楢山節考》，重新檢視日本文化的一個重要母題，有承先啟後的意義，在此我們的意見一致。

小林正樹相關出版品

山田洋次相關出版品

新藤兼人相關出版品

9b 新藤兼人

舒明

在四部傑作中，我們可以選新藤兼人最晚近的作品：一九九五年《午後的遺書》。此片當年雖然是十大第一，但我相信日本國內很少人看過它，更莫說外國，因為當年在東京只有一間戲院放映此片，後來極受好評，才榮登榜首。我第一次看此片時，已認為它非同凡響。片中的一些細節，我尤其喜歡，例如一開始即引入有人自殺了，用石頭壓著一封遺書，女主角到附近的溪澗把一塊石頭拿回別墅，最後女僕人又把石頭投回溪中。片中言及人生問題、藝術問題、主角丈夫私生女所帶出的繼承問題等，牽涉相當廣。在日本電影史上，也罕有題材相似的電影，的確是非常出色的作品。

鄭樹森

在題材上，小林正樹的《化石》也有幾分相似。用比喻說，小林正樹的《化石》比較像一篇抒情的散文，而新藤兼人《午後的遺書》較有戲劇性，屬於集大成之作，加上是群戲，而「戲中戲」的處理手法別具一功，整體而言特具意義。在新藤的四部傑作中，這是最能總結他各方面嘗試的一部作品，故很值得推薦。

舒明

還有一點，我們所選的十部代表作，一定有很出色的演技示範。對於杉村春子（一九〇六—一九九七）和乙羽信子（一九二四—一九九四）這兩位演員來說，在她們各自六十四年和四十六年的演戲生涯中，《午後的遺書》也是她們最後演出的作品。換言之，我們或者也可以說，這部電影也稱得上是兩位著名演員的「遺書」。

十大導演代表作

1—黑澤明《七武士》（一九五四）
2a—小津安二郎《晚春》（一九四九）
2b—溝口健二《元祿忠臣藏》（一九四一、一九四二）
4a—木下惠介《卡門還鄉》（一九五一）
4b—市川崑《細雪》（一九八三）
4c—成瀨巳喜男《女人踏上樓梯時》（一九六〇）
7—今村昌平《日本昆蟲記》（一九六三）
8—小林正樹《切腹》（一九六二）
9a—山田洋次《兒子》（一九九一）
9b—新藤兼人《午後的遺書》（一九九五）

另十位導演代表作

11 今井正

鄭樹森

今井正原本在《電影旬報》十大電影入選導演排第三，入選次數有二十二次，進入榜首的有五次。我心目中今井正的代表作是一九五〇年《何日再重逢》（或譯作《來日再相逢》）。

舒明

今日看來，這部電影仍不過時，內容講述一對男女在艱苦、貧乏環境中的「純愛」故事，在任何地域、任何文化中，這類主題都可相通。男主角岡田英次（一九二〇—一九九五），正是在法國片《廣島之戀》（一九五九）作主角的那一位，當時比較年輕。

鄭樹森

就今井正的社會性、批判性而言，本片也有充分的呈現。

12

山本薩夫

鄭樹森　接著討論的是在《電影旬報》十大電影入選導演排名第七的山本薩夫。他的入選次數有二十次，進入榜首的有一次。假如要為他選一部代表作的話，會否是《戰爭與人間》？

舒明　我反而會選《白色巨塔》，此片當年是十大第一的，全片暴露醫院的黑暗。山本薩夫最擅長的是把複雜的社會題材，講述得理路清晰，而且原著小說也非常有名。以山本薩夫的電影手法而言，《白色巨塔》可以做代表作。

鄭樹森　山本薩夫很多作品都是反映社會的陰暗面。雖然我們並不認為山本薩夫是很傑出的導演，但現在根據《電影旬報》入選導演的排名，需要為他們各選一部代表作，《白色巨塔》無疑具充分概括性，足夠代表山本薩夫的特色。

今井正《何日再重逢》

13 內田吐夢

鄭樹森 現在討論《電影旬報》排名第十二的內田吐夢。

舒明 我會選《宮本武藏》五部作（一九六一——一九六五）。

鄭樹森 不是《飢餓海峽》？

舒明 不是。因為以日本「劍聖」為題材的《宮本武藏》，與《忠臣藏》一樣，都是廣為人知的故事，可惜一般只知道有稻垣浩的三部曲。內田的五部作，一氣呵成，非常好看。

鄭樹森 我同意此片確有不少特色。因為我們能看到的內田電影不多，相信《宮本武藏》是現階段最合適的選擇。

舒明 像小林正樹《人間的條件》長達近十小時一樣，五部作雖然因片長而部分情節較弱，但整體觀之，其他部分仍可補救那些缺失。此外，《宮本武藏》講的是成長故事，由血氣方剛

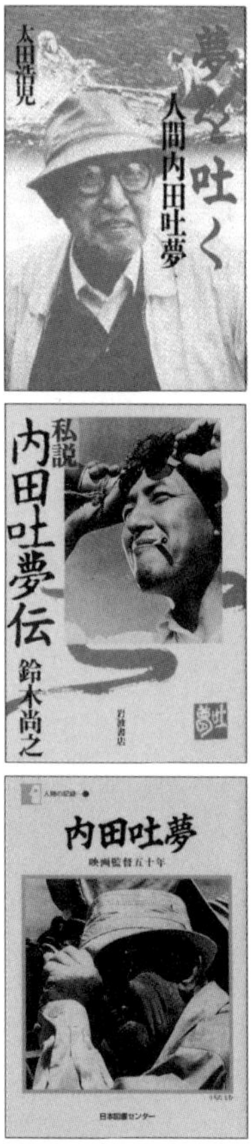

內田吐夢相關出版品

的妄漢，經過一番修鍊，不斷改變自己，頗有教育意義。

鄭樹森

這類題材具普遍性，類似「成長小說」（bildungsroman）含成長及啟悟的主題。這是世界性的，一定有追尋、求索（quest）的過程，這種類型及主題，在古今中外的文學經常出現。在當代小說及電影中，由《星際大戰》的武士主角以至《哈利波特》的小巫師，都表現了追求、啟悟（initiation）的原型。《宮本武藏》正符合以上提到的這種主題。稻垣浩三部曲就缺乏了這些成長的改變、啟悟的過程。

舒明

看來《宮本武藏》既可認識內田吐夢的電影特色，又能與世界小說及電影呼應。

14 深作欣二

鄭樹森

深作欣二排在《電影旬報》的第十三位。

深作欣二相關出版品

熊井啟相關出版品

舒明　毫無疑問，深作欣二的代表作應是一九七三年《無仁義之戰》（或譯作《無仁義的戰爭》）。片中講的戰後黑幫英雄的興衰情況、連續的暴力場面、不怕坐牢的硬漢本色，手提攝影的運用等，非常有特色。《無仁義之戰》有好幾部作品，而我推薦的是第一部。

鄭樹森　我個人非常不喜歡深作欣二，只視他為主流電影中較為成功的「技匠」。不過，若考慮到日本評論界對他的意見，《無仁義之戰》確是其代表作。此片在日本的影響較深遠。

15 熊井啟

鄭樹森　原本排在第十五位的熊井啟又如何？

舒明　熊井啟擅拍社會題材，我會選《望鄉》（一九七四），此片總結日本及東南亞國家的某種關係，為女性的不平而悲鳴，田中絹代早年已成名，此片無疑是她晚年的力作。

鄭樹森

熊井啟的《大海的見證》（二〇〇二）是很精緻的小品，但格局稍遜《望鄉》，加上田中絹代之演出，《望鄉》的確較有代表性。

16 大島渚

鄭樹森

大島渚排二十強中的第十六位。他在六十年代的電影，各部水準都很接近，相當難選出一部代表作。《儀式》是否可概括他那個時期的風格？

舒明

我想，如只能選一部的話，可注意兩方面：如從「驚世駭俗」的角度來看，可考慮《感官世界》（一九七六）；如以表現日本家族、父權和個人風格為代表的話，則應選《儀式》（一九七一）。

大島渚相關出版品

17a 豐田四郎

鄭樹森 接著討論的三位都是排在第十七名的，首先是豐田四郎。他實在乏善可陳。按照我們定下來的標準，既要參考日本評論界長期累積以來的意見，又以我們比較的、世界的觀點來看，哪一部是他的代表作？

舒明 《恍惚的人》（一九七三）看來較合適。

鄭樹森 對，這部電影具題材的先驅性。

舒明 《恍惚的人》以老人失憶為題材。二〇〇六年由渡邊謙主演的《明日的記憶》，同樣講述一名老人癡呆症的患者，不過他年約五十比較年輕，卻未老先衰。

鄭樹森 在世界電影史上，這部作品始終有其領先性，至少得風氣之先，我相信他沒有其他作品具《恍惚的人》的地位。

17 b 吉村公三郎

鄭樹森

吉村公三郎看來只有《安城家之舞會》可為代表作。此片倒可視為所謂「三一律」的實踐。

舒明

《安城家之舞會》的場景只在一座府第內，講的是向繁華告別的一個晚上舞會，令人想起維斯康堤（Luchino Visconti）一九六三年的《浩氣蓋山河》（*The Leopard*），也是環繞一個豪華的舞會，刻劃一個時代的沒落。

豐田四郎《恍惚的人》

吉村公三郎相關出版品

篠田正浩相關出版品

黑木和雄相關出版品

17c 篠田正浩

鄭樹森

接著的是篠田正浩，我會選一九八四年的《瀨戶內少年棒球隊》為他的代表作。其實很難說篠田正浩哪一部電影是代表作，若要同時兼顧導演的個人成就、電影的時代性和題材的先驅性三方面，看來的確要選這一部作品。

20 黑木和雄

舒明

最後一位是黑木和雄。

鄭樹森

看來黑木和雄也沒有什麼選擇，還是那一部曾入二〇〇三年榜首的《霧島美麗的夏天》。

舒明

篠田正浩和黑木和雄都是在三十年代初出生的，篠田生於一九三一年、黑木在一九三〇年，戰時約十四、五歲，他們成長於戰爭期間，對於戰中、戰後的情況，可謂刻骨銘心，故能用這個題材，拍出動人的作品。

另十位導演代表作

11 今井正《何日再重逢》（一九五〇）
12 山本薩夫《白色巨塔》（一九六六）
13 內田吐夢《宮本武藏》五部作（一九六一—一九六五）
14 深作欣二《無仁義之戰》（一九七三）
15 熊井啟《望鄉》（一九七四）
16 大島渚《儀式》（一九七一）
17a 豐田四郎《恍惚的人》（一九七三）
17b 吉村公三郎《安城家之舞會》（一九四七）
17c 篠田正浩《瀨戶內少年棒球隊》（一九八四）
20 黑木和雄《霧島美麗的夏天》（二〇〇三）

參

遺珠篇

鄭樹森

以下討論的導演，雖然沒有選入二十名之內，但仍值得我們注意，包括增村保造和勅使河原宏兩位。

21 增村保造（一九二四—一九八六）

舒明

增村保造的創作路線，與勅使河原宏有些相反。增村保造的產量甚多，是大映公司的名導演，公司要開拍任何題材的電影，他都有能力拍出來。他早年留學義大利，授課老師有後來成為電影大師的安東尼奧尼（Michelangelo Antonioni）。增村保造回國後，為日本電影界帶來新風氣。電影節奏比較快速，大膽描寫男女情慾，不像從前日本傳統電影那麼含蓄。增村保造曾擔任市川崑的助導，他也經常改編文學名著，成績不俗，例如：谷崎潤一郎的《卍》、川端康成的《千羽鶴》，均先後由他改編成相當不錯的電影。增村保造在一九五八年拍過一部社會諷刺劇《巨人與玩具》，改編自開高健（一九三一—一九八九）的小說，你是否認為此片很突出？

鄭樹森

對，一九五八年的《巨人與玩具》非常突出，今天重看也毫不過時。此片值得注意以下幾點：

第一，日本戰後的復甦有一段日子很貧困，一九五〇年代全心全意模仿美式流水線生產及消費主義；再加上日本產業的特有民族色彩資本主義運作模式，員工對企業近乎封建時代武士對藩主的效忠，商業集團之間的利潤競爭，更為慘烈、更為非人化。

第二，增村保造此片即對這種現象痛為針砭，也是對所有資本主義經濟極端消費現象的全面批判。

《巨人與玩具》1958

大映／製作
開高健／原著
白坂依志夫／腳本
川口浩、野添瞳、高松英郎、伊藤雄之助、信欣三／演員
96分／彩色

第三，此片對消費心態的建構有一針見血的呈現，早在一九五八年就明確指出，消費意願是可以通過廣告和大眾羊群心理刺激出來，是否必須、是否不可或缺、是否有益，已無關宏旨。

第四，此片今天仍有新意，特別就全球化下的消費模式而言。

第五，全片節奏緊湊，掌控極佳。

第六，有趣的是，差不多和增村同時，美國的法蘭克・塔許林（Frank Tashlin, 1913-1972）也有*Girl Can't Help It*（1956）、*Will Success Spoil Rock Hunter*（1957）兩部電影（可視為姊妹篇），對五十年代美國電視廣告業與消費主義的共生有所嘲諷批評，可謂異曲同工。

除了這部片子以外，不知你對一九六七年《華岡青洲之妻》和一九六六年《赤色天使》這二部電影的看法如何？

舒明

我看過《華岡青洲之妻》兩次，印象甚深。電影的原著小說作者為有吉佐和子，主角是一位大夫，他是日本第一位用痲醉藥開刀醫治癌症的醫生。全片講述主角之母親及妻子兩代女人如何為他的事業而犧牲，婆媳之間也明爭暗鬥。從故事和表現手法來看，均令人印象極深。《赤色天使》題材特別，若尾文子飾演的護士，雖然在軍中給士兵強姦，痛苦不堪，但她仍竭盡全力，照顧快要死亡或傷殘的士兵，表現出博愛同情之心。對於這類題材，增村保造拍出來的電影效果，並不感傷，風格冷峻，但場景刻劃卻極其深刻。例如一九六四年的《卍》和一般人視為「cult film」的《盲獸》（一九六九），令人大開眼界。增村保造晚年有兩部電影很出名：其一是一九七六年的《大地搖籃曲》，由十七歲的原田美枝子主演，我認為此片是佳作；其二是一九七八年《曾根崎心中》，詮釋古典戲劇，可惜我一直以來都沒有機會看到。

鄭樹森

我覺得增村保造的題材多樣化，作品相當多，剛才提及的幾部都值得一看。若要從中選一部的話，我們會選《巨人與玩具》，因為這部片子中的批判性，至今罕見，亦不過時。

22

敕使河原宏（一九二七—二〇〇一）

鄭樹森

我認為敕使河原宏是非常值得一提的。一九六四年的《砂丘之女》、一九六六年的《他人之顏》和一九六八年的《燃燒的地圖》三部都是他的代表作，而三部都是改編自安部公房（一九二四—一九九三）的小說。其中《砂丘之女》感性洋溢。原著相當具存在主義色彩；本片卻沒流於存在主義式的抽象哲學思維，通過影像與壓迫性氣氛，充分表現原著精神；這部電影在西方也備受好評。至於一九六六年的《他人之顏》，法國喬治·方居（Georges Franju）一九五九年的《沒有臉孔的眼睛》（*Eyes without a Face*）相當類似。《他人之顏》討論身分危機，同樣受原著影響，屬於存在主義題材的作品，但敕使河原宏處理的冷峻、冷冽、精鍊，在改編上應記一功。至於《燃燒的地圖》，可能沒那麼成功。

舒明

敕使河原宏的作品不多，主要是因為他父親和姊姊先後去世，故他要接手掌管草月派系，從事插花藝術行業，停止拍電影長達十六年，復出後亦只拍攝彩色電影《利休》（一九八九）和《豪姬》（一九九二）。早年的《砂丘之女》和《他人之顏》兩部作品的成績非常突出，但在日本則較受忽略，或因這類電影甚為抽象之故。我們認為《砂丘之女》幾乎完美無瑕，尤其在影像方面，比安部公房的原著更為成功、震撼，極能傳達原著的訊息。電影一開始用大量的卡片證明人的身分，加上溶鏡、疊鏡等運用，題旨已很突出。順帶說些題外話。二〇〇七年，我有一個朋友在日本的鳥取縣特別訪尋《砂丘之女》取景的沙漠，原來該處現在是一個旅遊景點。你認為勅使河原宏後來拍的《利休》影片又如何？

鄭樹森　《利休》和《豪姬》都值得一看，而且片中對日本傳統文化的呈現及重詮甚有可觀之處。當然，這類作品可能從我們這類外國人的觀點來看，或會特別讚賞，因為始終有「不熟悉」的因素在內，即俄國形式主義所謂的「陌生化」（defamiliarization）作用。假如要為勅使河原宏選一部代表作的話，肯定是《砂丘之女》。其他提及的都是相當出色的作品。

舒明　他第一部作品《陷阱》（一九六二），也是安部公房編劇，相當可觀，可視為佳作。

鄭樹森　《砂丘之女》甚至可視為傑作，《他人之顏》是佳作，《利休》和《豪姬》是在佳作與水準作之間，可能有些評論家也會視為佳作。

遺珠篇導演代表作

21 增村保造《巨人與玩具》（一九五八）

22 勅使河原宏《砂丘之女》（一九六四）

肆

平成年代

23 北野武（一九四七—）

鄭樹森 最後，我想向舒明請教，日本由一九八九年至今的平成年代，將近二十年。在年輕觀眾所熟悉的導演裡，若一定要提出一位供大家參考的話，會不會是北野武？

舒明 毫無疑問要選他。第一，北野武在當前的國際聲望最高，他的《花火》（一九九八）曾在威尼斯榮獲金獅獎；另他的《盲俠座頭市》（二〇〇三）在威尼斯影展亦榮獲特別導演獎及其他三項獎。第二，北野武在當代世界影壇也是一位極為創新的導演。

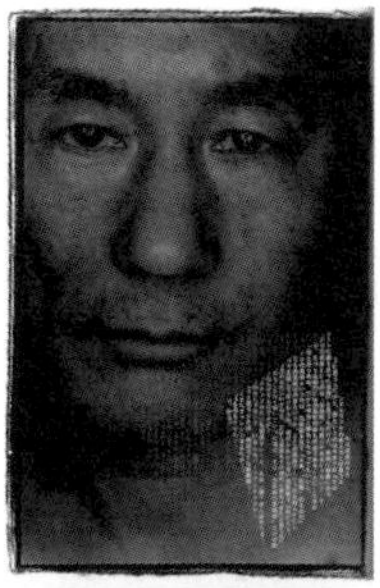

北野武相關出版品

拍攝《小心惡警》時的北野武

鄭樹森　從日本電影史來看，北野武不算是頂尖的。他在類型上有革新、有個人風格，最具代表性的是《花火》；這部電影在主流類型中，對類型規範有所變奏和突破。

舒明　北野武電影的另一特色，尤其是《花火》，對白很少。

鄭樹森　你認為岩井俊二（一九六三—）是否也值得推薦？他的《情書》（一九九五），相信一般年輕觀眾都不陌生。不過，我反而覺得他的新作《市川崑物語》不錯。雖然這部電影是紀錄片，但它應該是平成以來較獨特的作品，又具個人風格，值得一看。加上這部電影可幫助大家通過市川崑回顧整個日本電影史的發展。不知道你的看法如何？

舒明　岩井俊二在平成的日本電影裡，是一個很特殊的例子。他最初為電視台拍短片，以抒情格調和出色的影像而大受歡迎。後來他嘗試拍較長的片子，但並不急於創作，主要是等機會發揮自己想拍的題材，例如：戀愛、少年記憶的故事等。他在日本國內的名氣很大，唯在國際影壇上，他的聲望不及以下兩位導演：一位名是枝裕和（一九六二—），另一位是剛在二〇〇七年坎城影展取得評審團大獎的女導演河瀨直美（一九六九—）。相信北野武和岩井俊二這兩位導演將來也會陸續有新作，我們還是拭目以待。

鄭樹森　我們對談大概要在這裡結束。我們多年來在電話、電郵、飲茶、晚飯以至集體聚會裡的談話，總算在二〇〇七年這次比較正式的對談中，得到互相切磋的機會。

平成年代導演代表作

23　北野武《花火》（一九九八）

總結

十大導演及十大代表作

1 十大導演及傑作表

名次	導演	傑作數目	入選傑作	年份	電影旬報排名
1	黑澤明	10	野良犬	1949	1
			羅生門	1950	
			生之慾	1952	
			七武士	1954	
			蜘蛛巢城	1957	
			隱寨三惡人	1958	
			用心棒	1961	
			天國與地獄	1963	
			赤鬍子	1965	
			沒有季節的小墟	1970	
2a	小津安二郎	9	我出生了，但……	1932	2
			獨生子	1936	
			晚春	1949	
			麥秋	1951	
			東京物語	1953	
			彼岸花	1958	
			浮草	1959	
			秋日和	1960	
			秋刀魚之味	1962	
2b	溝口健二	9	浪華悲歌	1936	9
			祇園姊妹	1936	
			愛怨峽	1937	
			殘菊物語	1939	
			元祿忠臣藏前篇	1941	
			元祿忠臣藏後篇 [1]	1942	
			西鶴一代女	1952	
			雨月物語	1953	
			山椒大夫	1954	
			近松物語	1954	

本書排名與日本電影旬報排名對照

名次	導演	傑作數目	入選傑作	電影旬報排名
4a	木下惠介 	8	女 1948 卡門歸鄉 1951 日本的悲劇 1953 二十四隻眼睛 1954 卿如野菊花 1955 楢山節考 1958 風花 1959 笛吹川 1960	4
4b	市川崑 	8	緬甸豎琴 1956 炎上 1958 野火 1959 弟弟 1960 雪之丞變化 1963 東京世運會 1965 細雪 1983 鍵（鄭）1959 破戒（舒）1962	6
4c	成瀨巳喜男 	8	願妻如薔薇 1935 山之音 1954 晚菊 1954 流逝 1956 女人踏上樓梯時 1960 放浪記 1962 情迷意亂 1964 亂雲 1967	10

名次	導演	傑作數目	入選傑作	電影旬報排名
7	今村昌平 	6	●豚與軍艦 1961 ●日本昆蟲記 1963 ●赤色殺意 1964 ●諸神的深慾 1968 ●我要復仇 1979 ●楢山節考 1983	8
8	小林正樹 	5	●人間的條件 1959-1961 ●人間的條件 2 1959-1961 ●切腹 1962 ●怪談 1964 ●化石 1975	13
9a	山田洋次 	4	●「寅次郎」系列 1969-1995 ●「寅次郎」系列 3 1969-1995 ●兒子 1991 ●黃昏清兵衛 2002	5

名次	導演	傑作數目	入選傑作	電影旬報排名
9b	新藤兼人	4	●裸島 1960 ●鬼婆 1964 ●竹山孤旅 1977 ●午後的遺書 1995	11

排列按電影出品年份先後，入選結果有分歧者則置於各欄最後部分。

1 《元祿忠臣藏前篇》及《元祿忠臣藏後篇》視為一部。

2 《人間的條件》作兩部計。

3 「寅次郎」系列共四十六集，作兩部計算。

2

十大導演代表作

1 黑澤明●七武士 1954

2a 小津安二郎●晚春 1949

2b 溝口健二●元祿忠臣藏 1941-1942

4a 木下惠介●卡門還鄉 1951

4b 市川崑●細雪 1983

4c 成瀨巳喜男●女人踏上樓梯時 1960

7 今村昌平●日本昆蟲記 1963

8 小林正樹●切腹 1962

9a 山田洋次●兒子 1991

9b 新藤兼人●午後的遺書 1995

3

另十位導演代表作

11 今井正●何日再重逢 1950

12 山本薩夫●白色巨塔 1966

13 內田吐夢●宮本武藏五部作 1961-1965

14 深作欣二●無仁義之戰 1973

15 熊井啟●望鄉 1974

16 大島渚●儀式 1971

17a 豐田四郎●恍惚的人 1973

17b 吉村公三郎●安城家之舞會 1947

17c 篠田正浩●瀨戶內少年棒球隊 1984

20 黑木和雄●霧島美麗的夏天 2003

4

遺珠篇導演代表作

21 增村保造●巨人與玩具 1958

22 勅使河原宏●砂丘之女 1964

5

平成年代導演代表作

23 北野武●花火 1998

名單及片目

3

《電影旬報》日本電影導演五十強●一九九五

名次	導演	票數
1	小津安二郎	39
2	黑澤明	36
3	溝口健二	23
4	大島渚	21
	成瀨巳喜男	21
6	市川崑	17
7	川島雄三	15
8	內田吐夢	12
9	山中貞雄	11
	木下惠介	11
	岡本喜八	11
	鈴木清順	11
13	深作欣二	10
14	神代辰巳	9
15	加藤泰	8
	增村保造	8
	山田洋次	8
	伊藤大輔	8
19	今井正	7
	相米慎二	7
21	牧野雅廣	6
21	清水宏	6
23	大林宣彥	5
	今村昌平	5
	北野武	5
	熊井啟	5
	田坂具隆	5
	藤田敏八	5
	小川紳介	5
30	石井輝男	3
	阪本順治	3
	崔洋一	3
	中川信夫	3
	宮崎駿	3
	三隅研次	3
	藏原惟繕	3
	新藤兼人	3
	篠田正浩	3
	澀谷實	3
	田中登	3
	豐田四郎	3
	柳町光男	3
30	本多猪四郎	3
	若松孝二	3
45	市川準	2
	伊丹萬作	2
	浦山桐郎	2
	勝新太郎	2
	小栗康平	2
	小林正樹	2
	五社英雄	2
	齋藤寅次郎	2
	澤井信一郎	2
	瀧田洋二郎	2
	寺山修司	2
	中島貞夫	2
	根岸吉太郎	2
	羽田澄子	2
	舛田利雄	2
	松本俊夫	2
	山本薩夫	2
	吉田喜重	2
	吉村公三郎	2

《電影旬報》二十世紀日本導演票選排名●二〇〇〇

名次	導演	票數
1	黑澤明	73
2	小津安二郎	53
3	溝口健二	29
4	木下惠介	26
5	成瀨巳喜男	22
6	山田洋次	19
7	市川崑	14
	內田吐夢	14
	大島渚	14
	深作欣二	14
11	川島雄三	13
12	新藤兼人	10
	牧野雅廣	10
14	今村昌平	9
	岡本喜八	9
	北野武	9
	鈴木清順	9
	增村保造	9
19	宮崎駿	8
20	森田芳光	6
	山中貞雄	6
22	大林宣彥	5
	相米慎二	5
24	篠田正浩	4
	圓谷英二	4
	中川信夫	4
	藤田敏八	4
28	伊藤大輔	3
	小川紳介	3
	加藤泰	3
	小林正樹	3
	清水宏	3
	周防正行	3
	塚本晉也	3
	三池崇史	3
	若松孝二	3
37	伊丹十三	2
	今井正	2
	浦山桐郎	2
	龜井文夫	2
	熊井啟	2
	神代辰巳	2
	齋藤寅次郎	2
	阪本順治	2
	鈴木則文	2
	曾根中生	2
	田中登	2
	勅使河原宏	2
	寺山修司	2
	長谷川和彥	2
	羽田澄子	2
	本多猪四郎	2
	三隅研次	2
	本廣克行	2

其後只得一票並列第五十五名的四十八人從略

《電影旬報》十大電影入選導演二十強●一九二六—二〇〇六

名次	導演	入選次數	榜首次數	總分
1	黑澤明	25	3	179
2	小津安二郎	20	6	144
3	今井正	22	5	136
4	木下惠介	20	3	134
5	山田洋次	24	4	131
6	市川崑	18	2	114
7	山本薩夫	20	1	111
8	今村昌平	15	5	107
9	溝口健二	18	1	99
10	成瀨巳喜男	16	2	94
11	新藤兼人	18	2	80
12	內田吐夢	13	2	73
13	小林正樹	11	1	66
	深作欣二	11	1	66
15	熊井啟	8	3	63
16	大島渚	12	1	62
17	豐田四郎	11	1	59
	吉村公三郎	11	1	59
	篠田正浩	9	1	59
20	黑木和雄	8	1	55

《文藝春秋》日本電影導演二十強●一九八九

名次	導演	票數
1	黑澤明	152
2	小津安二郎	116
3	溝口健二	51
4	木下惠介	49
5	山田洋次	45
6	市川崑	38
7	今井正	37
8	今村昌平	31
9	鈴木清順	29
10	川島雄三	28
11	大島渚	27
12	山中貞雄	23
	成瀨巳喜男	23
	伊丹十三	23
15	內田吐夢	22
16	大林宣彥	21
17	伊藤大輔	14
	深作欣二	14
19	森田芳光	13
20	加藤泰	12
	吉村公三郎	12
	宮崎駿	12

《電影旬報》日本電影百大●一九九九

名次	片名	年份	導演
1	《七武士》	一九五四	黑澤明
2	《浮雲》	一九五五	成瀨巳喜男
3	《飢餓海峽》	一九六四	內田吐夢
	《東京物語》	一九五三	小津安二郎
5	《幕末太陽傳》	一九五七	川島雄三
	《羅生門》	一九五〇	黑澤明
7	《赤色殺意》	一九六四	今村昌平
8	《無仁義之戰》系列	一九七三—七四	深作欣二
	《二十四隻眼睛》	一九五四	木下惠介
10	《雨月物語》	一九五三	溝口健二
11	《生之慾》	一九五二	黑澤明
	《西鶴一代女》	一九五三	溝口健二
13	《真空地帶》	一九五二	山本薩夫
	《切腹》	一九六二	小林正樹
	《盜日者》	一九七九	長谷川和彥
	《龍貓》	一九八八	宮崎駿
	《泥河》	一九八一	小栗康平
18	《人情紙風船》	一九三七	山中貞雄
	《手車夫之戀》	一九四三	稲垣浩
	《用心棒》	一九六一	黑澤明

21	《蒲田進行曲》	一九八二	深作欣二
	《少年》	一九六九	大島渚
	《月在哪方明》	一九九三	崔洋一
	《麥秋》	一九五一	小津安二郎
	《我要復仇》	一九七九	今村昌平
26	《家族遊戲》	一九八三	森田芳光
	《砂器》	一九七四	野村芳太郎
	《青春殘酷物語》	一九六〇	大島渚
	《人間的條件》全六集	一九五九—六一	小林正樹
	《何日再重逢》	一九五〇	今井正
31	《濡濕的情慾》	一九七二	神代辰巳
	《有化鐵爐的街》	一九六二	浦山桐郎
	《暴力輓歌》	一九六六	鈴木清順
	《幸福黃手絹》	一九七七	山田洋次
	《談談情，跳跳舞》	一九九六	周防正行
	《日本昆蟲記》	一九六三	今村昌平
	《夫婦善哉》	一九五五	豐田四郎
38	《乞求愛之人》	一九九八	平山秀幸
	《紅髮女郎》	一九七九	神代辰巳
	《遠雷》	一九八一	根岸吉太郎
	《仁義的墓場》	一九七五	深作欣二
	《奏鳴曲》	一九九三	北野武
	《天國與地獄》	一九六三	黑澤明
	《日本最長的一日》	一九六七	岡本喜八
	《日本的夜與霧》	一九六〇	大島渚

67	《三壘手》	一九七八	東陽一
	《細雪》	一九八三	市川崑
	《三里塚邊田部落》	一九七三	小川紳介
	《青春的挫折》	一九七四	神代辰巳
	《日本的悲劇》	一九五三	木下惠介
	《相聲青春夢》	一九八一	森田芳光
	《裸島》	一九六〇	新藤兼人
	《埋伏》	一九五八	野村芳太郎
	《亂雲》	一九六七	成瀨巳喜男
	《約會》	一九七二	齊藤耕一
	《野獸應死》	一九八〇	村川透
82	《感官世界》	一九七六	大島渚
	《紅燈籠》	一九七四	藤田敏八
	《赤西蠣太》	一九三六	伊丹萬作
	《毬謠魔影》	一九七七	市川崑
	《閃電》	一九五二	成瀨巳喜男
	《鴛鴦歌合戰》	一九三九	牧野雅弘
	《葬禮》	一九八四	伊丹十三
	《影武者》	一九八〇	黑澤明
	《火宅之人》	一九八六	深作欣二
	《卡門還鄉》	一九五一	木下惠介
	《聽！海神的聲音》	一九五〇	關川秀雄
	《X聖治》	一九九七	黑澤清
	《沓掛時次郎·遊俠一匹》	一九六六	加藤泰
	《蜘蛛巢城》	一九五七	黑澤明

82

《瘋狂的果實》	一九五六	中平康
《午後的遺書》	一九九五	新藤兼人
《秋刀魚之味》	一九六二	小津安二郎
《次郎長三國志》系列	一九五二—五四	牧野雅弘
《新宿小偷日記》	一九六九	大島渚
《砂丘之女》	一九六四	勅使河原宏
《美好的星期天》	一九四七	黑澤明
《戰場上的快樂聖誕》	一九八三	大島渚
《W的悲劇》	一九八四	澤井信一郎
《忠治旅日記》全三部	一九二七—二八	伊藤大輔
《流浪者之歌》	一九八〇	鈴木清順
《椿三十郎》	一九六二	黑澤明
《東海道四谷怪談》	一九五九	中川信夫
《揮拳猛擊》	一九八九	阪本順治
《肉彈》	一九六八	岡本喜八
《日本春歌考》	一九六七	大島渚
《人間蒸發》	一九六七	今村昌平
《八月的濕砂》	一九七一	藤田敏八
《笛吹川》	一九六〇	木下惠介
《豚與軍艦》	一九六〇	今村昌平
《暗無天日》	一九五六	今井正
《飯》	一九五一	成瀨巳喜男
《酩酊天使》	一九四八	黑澤明
《我拋棄的女人》	一九六九	浦山桐郎

1 黑澤明 Kurosawa Akira

三十部

年份	片名	電影旬報十大排名★
一九四三	《姿三四郎》	
一九四四	《最美》	
一九四五	《姿三四郎續集》	
	《踩虎尾的男人》	
一九四六	《我對青春無悔》	2
一九四七	《美好的星期天》	6
一九四八	《酩酊天使》	1
一九四九	《寂靜的決鬥》	7
	《野良犬》	3
一九五〇	《醜聞》	6
	《羅生門》	5
一九五一	《白癡》	
一九五二	《生之慾》	1
一九五四	《七武士》	3
一九五五	《活人的記錄》	4
一九五七	《蜘蛛巢城》	4
	《底層》	10
一九五八	《隱寨三惡人》	2
一九六〇	《惡漢甜夢》	3
一九六一	《用心棒》	2
一九六二	《椿三十郎》	5
一九六三	《天國與地獄》	2
一九六五	《赤鬍子》	1
一九七〇	《沒有季節的小墟》	3
一九七五	《德爾蘇·烏扎拉》	5
一九八〇	《影武者》	2
一九八五	《亂》	2
一九九〇	《夢》	4
一九九一	《八月狂想曲》	3
一九九三	《一代鮮師》	10

★當年份電影旬報之十大電影排名

2a

小津安二郎 Ozu Yasujiro

五十四部

年份	片名	電影旬報十大排名
一九二七	《懺悔之刃》	
一九二八	《年輕人的夢》	
	《太太不見了》	
	《南瓜》	
	《搬家的夫婦》	
	《肉體美》	
一九二九	《寶山》	
	《年輕的日子》	
	《日式歡喜冤家》	
	《我畢業了，但……》	
	《會社員生活》	
	《突貫小僧》	
一九三〇	《結婚學入門》	
	《開心地走吧》	
	《我落第了，但……》	
	《那夜的妻子》	
	《愛神的怨靈》	
	《瞬間的幸運》	
	《大小姐》	2
一九三一	《淑女與髯》	
一九三一	《美女哀愁》	
	《東京合唱》	3
一九三二	《春隨婦人來》	
	《我出生了，但……》	1
	《青春之夢今何在》	
	《何日再逢君》	
一九三三	《東京之女》	
	《非常線之女》	
	《心血來潮》	1
一九三四	《我們要愛母親》	
	《浮草物語》	1
一九三五	《溫室姑娘》	
	《東京之宿》	9
一九三六	《大學是個好地方》	
	《鏡獅子》	
	《獨生子》	4
一九三七	《淑女忘記了什麼》	8
一九四一	《戶田家兄妹》	1
一九四二	《父親在世時》	2
一九四七	《長屋紳士錄》	4

年份	片名	電影旬報十大排名
一九四八	《風中的母雞》	7
一九四九	《晚春》	1
一九五〇	《宗方姊妹》	7
一九五一	《麥秋》	1
一九五二	《茶泡飯之味》	
一九五三	《東京物語》	2
一九五六	《早春》	6

年份	片名	電影旬報十大排名
一九五七	《東京暮色》	
一九五八	《彼岸花》	3
一九五九	《早安》	
	《浮草》	
一九六〇	《秋日和》	5
一九六一	《小早川家之秋》	
一九六二	《秋刀魚之味》	8

2b 溝口健二 Mizoguchi Kenji

九十二部

年份	片名	電影旬報十大排名
一九二三	《愛情復甦日》	
	《故鄉》	
	《青春的夢》	
	《情炎之巷》	
	《沒落之歌最悲》	
	《八一三》	
	《霧港》	

年份	片名	電影旬報十大排名
一九二三	《廢墟之中》	
	《夜》	
	《血與靈》	
	《山崗之歌》	
一九二四	《可憐的白癡》	
	《死於拂曉》	
	《現代的女王》	

一九二四	《婦女強盛》	
	《塵世》	
	《行踪漂渺》	
	《伊藤巡查之死》	
	《梅雨日記》	
	《切斷愛情的斧頭》	
	《歡樂的女人》	
	《馬戲團的女王》	
一九二五	《無錢不戰》	
	《特務艦關東》	
	《畢業以後》	
	《大地微笑》	
	《白百合哀嘆》	
	《在夕陽照射下》	
	《故鄉之歌》	
	《街頭速寫》	
	《人》	
	《乃木大將與熊先生》	
一九二六	《銅錢王》	
	《紙人春天私語》	7
	《自己的罪》	
	《狂戀的女藝人》	
	《海國男兒》	
	《黃金》	
一九二七	《皇恩》	

一九二七	《慈悲心鳥》	7
一九二八	《人的一生．金錢萬能篇》	
	《人的一生．人世滄桑篇》	
	《人的一生．熊與虎重逢篇》	
	《可愛的姑娘》	
一九二九	《日本橋》	
一九二九	《旭日光輝》	
	《東京進行曲》	
	《都會交響樂》	
一九三〇	《故鄉》	10
	《洋妾阿吉》	
一九三一	《恰巧他們也去了》	
一九三二	《當今的祖先神》	
	《滿蒙建國的黎明》	
一九三三	《瀧之白系》	2
	《祇園祭》	
一九三四	《神風連》	
	《愛憎之巔》	
一九三五	《折鶴阿千》	
	《瑪利亞的阿雪》	
	《女子阿吉》	
	《虞美人草》	
一九三六	《浪華悲歌》	3
	《祇園姊妹》	1
一九三七	《愛怨峽》	3

一九三八	《露營之歌》	
	《啊，故鄉》	9
一九三九	《殘菊物語》	2
一九四〇	《浪花女》	6
一九四一	《藝道一代男》	4
	《元祿忠臣藏．前篇》	
一九四二	《元祿忠臣藏．後篇》	7
一九四四	《團十郎三代》	
	《宮本武藏》	
一九四五	《名刀美女丸》	
	《必勝歌》	
一九四六	《女性的勝利》	
	《歌麿五女人》	
一九四七	《女優須磨子之戀》	
一九四八	《夜晚的女人》	3
一九四九	《燃燒的愛》	
一九五〇	《雪夫人繪圖》	
一九五一	《阿遊小姐》	
	《武藏野夫人》	
一九五二	《西鶴一代女》	9
一九五三	《雨月物語》	3
	《祇園戀曲》	9
一九五四	《山椒大夫》	9
	《街談巷議的女人》	
	《近松物語》	5
一九五五	《楊貴妃》	
	《新平家物語》	
一九五六	《赤線地帶》	

4a 木下惠介 Kinoshita Keisuke 四十九部

年份	片名	電影旬報十大排名
一九四三	《熱鬧的港口》	
	《活著的孫六》	
一九四四	《歡呼的街》	
	《陸軍》	
一九四六	《大曾根家的早晨》	1
	《我心愛的姑娘》	5
一九四七	《結婚》	
	《不死鳥》	
一九四八	《女》	
	《肖像》	
	《破戒》	6
一九四九	《小姐乾杯》	6
	《四谷怪談》	
	《破鼓》	4
一九五〇	《婚約指環》	
一九五一	《善魔》	
	《卡門還鄉》	4
	《少年期》	
	《海的烟火》	
一九五二	《天真的卡門》	5
一九五三	《日本的悲劇》	6
一九五四	《女子學園》	2
	《二十四隻眼睛》	1
一九五五	《遠雲》	
	《卿如野菊花》	3
一九五六	《黃昏的雲》	
	《太陽和薔薇》	9
一九五七	《悲歡歲月》	3
	《風前的燈》	
一九五八	《楢山節考》	1
	《天虹》	
一九五九	《風花》	
	《惜春鳥》	
	《如此又一天》	
一九六〇	《春夢》	
	《笛吹川》	4
一九六一	《永遠的人》	3
一九六二	《今年之戀》	
	《二人漫步幾春秋》	
一九六三	《歌唱吧，年輕人》	

《二十四隻眼睛》

一九六三 《死門的傳說》
一九六四 《香華》 3
一九六七 《令人懷念的笛和鼓》 9
一九七六 《斯里蘭卡的愛與別離》
一九七九 《衝動殺人，兒子啊》 5

一九八〇 《父啊！母啊》 6
一九八三 《遺留此子在人間》
一九八六 《新悲歡歲月》
一九八八 《父親》

4b

市川崑 Ichikawa Kon

七十八部

年份	片名	電影旬報十大排名
一九四八	《花開》	
	《三百六十五夜》	
	《人間模樣》	
	《無窮的情熱》	
一九五〇	《銀座三四郎》	
	《熱泥地》	
	《曉之追踪》	
一九五一	《夜來香》	
	《戀人》	
	《無國籍者》	
	《被偷的愛情》	
	《邦加灣獨唱》	
	《結婚進行曲》	
一九五二	《幸運先生》	
	《年輕人》	
	《摸腳的女人》	
	《這樣那樣》	
一九五三	《糊塗先生》	
	《青色革命》	
	《青春錢形平次》	

年份	片名	電影旬報十大排名
一九五三	《愛人》	
一九五四	《我的一切》	
	《億萬長者》	
	《有關女性的十二章》	
一九五五	《青春怪談》	
	《心》	
一九五六	《緬甸豎琴》	5
	《刑房》	
	《日本橋》	
一九五七	《滿員電車》	
	《東北的好漢》	
	《穴》	
一九五八	《炎上》	4
	《再見，你好》	
一九五九	《鍵》	9
	《野火》	2
一九六〇	《女經·第二話》（合導）	
	《少爺》	
	《弟弟》	1
一九六一	《十位黑婦人》	10

一九六二	《破戒》	4
	《我兩歲》	1
一九六三	《雪之丞變化》	
	《孤身橫渡太平洋》	4
一九六四	《倔脾氣物語・錢的舞踊》	
一九六五	《東京世運會》（紀錄片）	2
一九六七	《米老鼠大破魔鬼黨》	
一九六八	《青春》	
一九七一	《愛火重燃》	
一九七三	《慕尼黑世運會・百米賽跑》（合導紀錄片）	
	《股旅》	4
一九七五	《我是貓》	
一九七六	《妻與女之間》（合導）	
	《犬神家一族》	5
一九七七	《毬謠魔影》	6
	《獄門島》	
一九七八	《女王蜂》	
	《火鳥》	
一九七九	《醫院斜坡上自縊之家》	

一九八〇	《古都》	
一九八一	《幸福》	6
一九八三	《細雪》	2
一九八四	《阿繁》	6
一九八五	《新緬甸豎琴》	8
一九八六	《鹿鳴館》	
一九八七	《映畫女優》	5
	《竹取物語》	
一九八八	《鶴》	
一九九一	《天河傳說殺人事件》	
一九九四	《四十七人之刺客》	
	《歸來的紋次郎》	
一九九六	《八墓村》	
一九九九	《新選組》	
二〇〇〇	《放蕩的平太》	
二〇〇一	《偷偷的媽》	
二〇〇六	《犬神家一族》	
二〇〇七	《夢十夜・第二夜》（合導）	
二〇〇八	《阿房》	

4c

成瀨巳喜男 Naruse Mikio

八十九部

年份	片名	電影旬報十大排名
一九三〇	《武打夫婦》	
	《純情》	
	《不顧反對新婚記》	
	《不景氣時代》	
	《愛是力量》	
一九三一	《喂，你不要興奮》	
	《二樓的悲鳴》	
	《小白領，加油吧！》	
	《輕浮夫婦坐火車》	
	《鬍子的力量》	
	《鄰家屋簷下》	
一九三二	《請小心妳的衣袖》	
	《對青天哭泣》	
	《快點變成了不起》	
	《腐蝕的春天》	6
	《朱古力女郎》	
	《繼女》	
一九三三	《糖菓的東京風景》（廣告片）	
	《與君別離》	4
	《每夜的夢》	3
一九三三	《我的圓髻》	
	《雙眸》	
	《謹賀新年》（紀錄片）	
一九三四	《無盡的路》	
一九三五	《三姊妹》	
	《女優與詩人》	
	《願妻如薔薇》	1
	《馬戲團五人組》	
	《傳聞中的女子》	8
一九三六	《桃中軒雲右衛門》	
	《與君同往之路》	
	《早晨的林蔭道》	
一九三七	《女人哀愁》	
	《雪崩》	
	《禍福》	
一九三八	《鶴八鶴次郎》	
一九三九	《勞動一家》	
	《真心》	
一九四〇	《旅藝人》	
一九四一	《令人懷念的臉容》	

一九四一	《上海之月》	
一九四二	《車掌小姐秀子》	
一九四三	《母親永不死》	
	《歌行燈》	
一九四四	《愉快哉人生》	
	《芝居道》	
一九四五	《直至勝利之日》	
	《三十三間堂射箭物語》	
一九四六	《浦島太郎的後裔》	
	《我也你也》	
一九四七	《四個愛情故事．第二話》（合導）	8
	《情竇初開》	
一九四九	《不良少女》	
一九五〇	《石中先生行狀記》	
	《怒火街頭》	
	《白色野獸》	
	《薔薇合戰》	
一九五一	《銀座化妝》	
	《舞姬》	
	《飯》	2
一九五二	《阿國與五平》	
	《媽媽》	7
	《閃電》	2
一九五三	《夫婦》	
	《妻》	

一九五三	《兄妹》	5
一九五四	《山之音》	6
	《晚菊》	7
一九五五	《接吻．第三話》（合導）	
	《浮雲》	1
一九五六	《驟雨》	
	《妻之心》	
	《流逝》	8
一九五七	《粗暴》	
一九五八	《杏子》	
	《彩雲》	
一九五九	《部落的口哨》	
一九六〇	《女人踏上樓梯時》	
	《娘．妻．母》	
	《夜流》	
	《夏去秋來》	
一九六一	《作為妻子作為女人》	
一九六二	《女之座》	
	《放浪記》	
一九六三	《女人的歷史》	
一九六四	《情迷意亂》	
一九六六	《女人心裡的他人》	10
	《逃逸》	
一九六七	《亂雲》	4

7 今村昌平 Imamura Shohei 二十部

年份	片名	電影旬報十大排名
一九五八	《被盜的情慾》	
	《西銀座驛前》	
	《無盡的慾望》	
一九五九	《二兄》	3
一九六一	《豚與軍艦》	7
一九六三	《日本昆蟲記》	1
一九六四	《赤色殺意》	4
一九六六	《人類學入門》	2
一九六七	《人間蒸發》	2
一九六八	《諸神的深慾》	1
一九七〇	《日本戰後史》（紀錄片）	
一九七九	《我要復仇》	1
一九八一	《亂世浮生》	9
一九八三	《楢山節考》	5
一九八七	《女衒》	7
一九八九	《黑雨》	1
一九九七	《鰻魚》	1
一九九八	《肝臟大夫》	4
二〇〇一	《赤橋下的暖流》	10
二〇〇二	《他們的九・一一》（合導）	

8

小林正樹 Kobayashi Masaki 二十二部

年份	片名	電影旬報十大排名
一九五二	《兒子的青春》	
一九五三	《真誠》	
一九五四	《三個愛》	
一九五五	《在這遼闊的天空中》	
	《美麗的歲月》	
一九五六	《泉》	10
	《厚牆的房子》	
	《我收買你》	
一九五七	《黑河》	
一九五九	《人間的條件》（一—二部）	5
	《人間的條件》（三—四部）	10

年份	片名	電影旬報十大排名
一九六一	《人間的條件》（五—六部完結篇）	4
一九六二	《遺產》	
	《切腹》	3
一九六四	《怪談》	2
一九六七	《奪命劍》	1
一九六八	《日本的青春》	7
一九七一	《生命的賭注》	5
一九七五	《化石》	4
一九七八	《燃燒的秋天》	
一九八三	《東京裁判》	4
一九八五	《無餐桌之家》	

9a

山田洋次 Yamada Yoji

七十九部

年份	片名	電影旬報十大排名
一九六一	《二樓的陌生人》	
一九六三	《平民區的太陽》	
一九六四	《完全笨蛋》	
	《夠了，笨蛋！》	
	《乘戰車來的瘋子》	
一九六五	《霧之旗》	
一九六六	《真好運》	
	《愛的火車》	
一九六七	《阿九的偉大夢想》	
	《愛的讚歌》	
	《喜劇：一發勝負》	
一九六八	《大冒險》	
	《阿奀正傳》	10
一九六九	《喜劇：一發必勝》	
	《男人之苦第一集：男人真命苦》	6
	《男人之苦第二集：我愛我阿媽》	9
一九七〇	《男人之苦第五集：望鄉篇》	8
	《家族》	1
一九七一	《男人之苦第六集：純情篇》	
	《男人之苦第七集：奮鬥篇》	

年份	片名	電影旬報十大排名
一九七一	《男人之苦第八集：寅次郎戀歌》	8
一九七二	《男人之苦第九集：柴又慕情》	6
	《故鄉》	3
	《男人之苦第十集：寅次郎夢枕》	
一九七三	《男人之苦第十一集：寅次郎毋忘我》	9
	《男人之苦第十二集：我的寅先生》	
一九七四	《男人之苦第十三集：寅次郎失戀記》	
	《男人之苦第十四集：搖籃曲》	
一九七五	《男人之苦第十五集：鴛鴦傘》	5
	《同胞》	9
	《男人之苦第十六集：立志篇》	
一九七六	《男人之苦第十七集：日落日出》	2
	《男人之苦第十八集：純情詩集》	
一九七七	《男人之苦第十九集：寅次郎與大人》	
	《幸福黃手絹》	1
	《男人之苦第二十集：加油啊！寅次郎》	

一九七八

《男人之苦第二十一集：我自行我路》
《男人之苦第二十二集：傳說中的寅次郎》

一九七九

《男人之苦第二十三集：一飛沖天》
《男人之苦第二十四集：男人四十戇居居》

一九八〇

《遠山呼喚》
《男人之苦第二十五集：芙蓉花》
《男人之苦第二十六集：海鷗之歌》

一九八一

《男人之苦第二十七集：浪花之戀》
《男人之苦第二十八集：紙風船》

一九八二

《男人之苦第二十九集：紫陽花之戀》
《男人之苦第三十集：戀愛專家》

一九八三

《男人之苦第三十一集：旅人、女人、寅次郎》
《男人之苦第三十二集：吹口哨的寅次郎》

一九八四

《男人之苦第三十三集：夜霧中的寅次郎》

5

一九八四

《男人之苦第三十四集：真實一路》

一九八五

《男人之苦第三十五集：戀愛補習班》
《男人之苦第三十六集：柴又之戀》

一九八六

《電影天地》
《男人之苦第三十七集：幸福的青鳥》

一九八七

《男人之苦第三十八集：知床霧水情》
《男人之苦第三十九集：寅次郎物語》

一九八八

《希望與痛苦》
《男人之苦第四十集：沙律紀念日》

一九八九

《男人之苦第四十一集：心路歷程》
《男人之苦第四十二集：戀愛顧問》

一九九〇

《男人之苦第四十三集：戀愛假期》

一九九一

《兒子》
《男人之苦第四十四集：寅次郎的告白》

9 6 1

年份	片名	電影旬報十大排名
一九九二	《男人之苦第四十五集：寅次郎的青春》	
一九九三	《學校》	6
	《男人之苦第四十六集：寅次郎娶親》	
一九九四	《男人之苦第四十七集：致寅次郎先生》	
一九九五	《男人之苦第四十八集：寅次郎紅之花》	
一九九六	《學校II》	8

年份	片名	電影旬報十大排名
一九九六	《摘彩虹的男人》	
一九九七	《男人之苦特別篇：芙蓉花》	
	《摘彩虹的男人：南國奮鬥篇》	
一九九八	《學校III》	6
二〇〇〇	《學校IV》	4
二〇〇二	《黃昏清兵衛》	1
二〇〇四	《隱劍鬼爪》	5
二〇〇六	《武士的一分》	5
二〇〇八	《母親》	7

9b 新藤兼人 Shindo Kaneto 四十七部

年份	片名	電影旬報十大排名
一九五一	《愛妻物語》	10
一九五二	《雪崩》	
	《原子彈下的孤兒》	
一九五三	《縮圖》	10
	《女之一生》	

年份	片名	電影旬報十大排名
一九五四	《陰溝》	
一九五五	《狼》	
一九五六	《殉情銀溫泉》	
	《流離之岸》	
	《女演員》	

一九五七	《海上的傢伙們》	
一九五八	《只有女人悲哀》	
一九五九	《第五福龍丸》	8
	《世界上最好的新娘》	
	《亂寫亂畫的黑板》	
一九六〇	《裸島》	6
一九六二	《人》	6
一九六三	《母親》	8
一九六四	《鬼婆》	
一九六五	《惡黨》	9
一九六六	《本能》	7
	《尖石遺蹟》	
	《蓼科的四季》	
一九六七	《性的起源》	
一九六八	《草叢中的黑貓》	
	《強女子與弱男人》	
一九六九	《陽炎》	4
一九七〇	《觸角》	
	《赤裸的十九歲》	10

一九七二	《鐵輪》	
	《讚歌》	
一九七三	《心》	
一九七四	《我的道路》	6
一九七五	《一個電影導演的生涯》	1
一九七七	《竹山孤旅》	2
一九七九	《絞殺》	
一九八一	《北齋漫畫》	8
一九八四	《地平線》	
一九八六	《黑板》	
	《落葉樹》	
一九八八	《櫻隊全滅》	7
一九九二	《濹東綺譚》	9
一九九五	《午後的遺書》	1
一九九九	《我想活下去》	
二〇〇〇	《配角演員》	6
二〇〇四	《貓頭鷹》	
二〇〇八	《石內尋常高等小學校》	

11 今井正 Imai Tadashi 二十二部

年份	片名	電影旬報十大排名
一九四九	《青色山脈》	2
一九五〇	《何日再重逢》	1
一九五一	《我們要活下去》	5
一九五二	《山彥學校》	8
一九五三	《濁流》	1
	《山丹之塔》	7
一九五五	《此處有清泉》	5
一九五六	《暗無天日》	1
一九五七	《米》	1
	《純愛物語》	2
一九五八	《夜鼓》	6

年份	片名	電影旬報十大排名
一九五九	《阿菊與阿勇》	1
一九六一	《那是港口之燈》	7
一九六二	《日本的老婆婆》	9
一九六三	《武士道殘酷物語》	5
一九六四	《越後，親不知》	6
	《仇討》	9
一九六九	《沒有橋的河》	5
一九七〇	《沒有橋的河．第二部》	9
一九七一	《婉的故事》	3
一九七二	《海軍特別少年兵》	7
一九七六	《兄妹》	6

12 山本薩夫 Yamamoto Satsuo

二十部

年份	片名	電影旬報十大排名
一九四七	《戰爭與和平》	2
一九五〇	《暴力之街》	8
一九五二	《真空地帶》	6
一九五五	《浮草日記》	9
一九五六	《颱風騷動記》	7
一九五九	《板車之歌》	4
	《人牆》	6
一九六〇	《沒有武器的鬥爭》	8
一九六四	《千瘡百孔的山河》	7
一九六五	《日本小偷的故事》	4
	《證人的椅子》	5
一九六六	《白色巨塔》	1
一九六九	《越南》	7
一九七〇	《戰爭與人》	2
一九七一	《戰爭與人・第二部》	4
一九七三	《戰爭與人・完結篇》	10
一九七四	《華麗家族》	3
一九七五	《金環蝕》	3
一九七六	《不毛地帶》	4
一九七九	《野麥峽的哀愁》	9

13 內田吐夢 Uchida Tomu 十三部

年份	片名	電影旬報十大排名
一九二九	《活的玩偶》	4
一九三二	《仇討選手》	6
一九三六	《人生劇場・青春篇》	2
一九三七	《無止境的前進》	1
	《裸之町》	5
一九三九	《土》	1
一九四〇	《歷史》	9

年份	片名	電影旬報十大排名
一九五五	《血槍富士》	8
一九五七	《最後一刻》	7
一九五九	《浪花戀物語》	7
一九六四	《飢餓海峽》	5
一九六八	《人生劇情・飛車角與吉良常》	9
一九七一	《真劍勝負》	6

14 深作欣二 Fukasaku Kinji 十一部

年份	片名	電影旬報十大排名
一九七二	《飄揚的軍旗下》	2
一九七三	《無仁義之戰》	2
	《無仁義之戰三：代理戰爭》	8

年份	片名	電影旬報十大排名
一九七四	《無仁義之戰四：頂上作戰》	7
一九七五	《仁義的墓場》	8
一九七六	《黑幫的墓場・梔子花》	8

年份	片名	電影旬報十大排名
一九八二	《蒲田進行曲》	1
一九八六	《火宅之人》	5
一九九二	《起尾注》	7
一九九四	《忠臣藏外傳四谷怪談》	2
二〇〇〇	《大逃殺》	5

15 熊井啟 Kumai Kei

八部

年份	片名	電影旬報十大排名
一九六五	《日本列島》	3
一九六八	《黑部的太陽》	4
一九七〇	《大地的人群》	5
一九七二	《忍川》	1
一九七四	《望鄉》	1
一九八六	《海與毒藥》	1
一九八九	《千利休·本覺坊遺文》	3
一九九五	《深河》	7

16 大島渚 Oshima Nagisa 十二部

年份	片名	電影旬報十大排名
一九六〇	《日本的夜與霧》	10
一九六一	《飼育》	9
一九六六	《白晝的色魔》	9
一九六七	《忍者武藝帳》	10
一九六八	《絞死刑》	3
一九六九	《少年》	3

年份	片名	電影旬報十大排名
一九六九	《新宿小偷日記》	8
一九七一	《儀式》	1
一九七六	《感官世界》	8
一九七八	《愛的亡靈》	3
一九八三	《戰場上的快樂聖誕》	3
二〇〇〇	《御法度》	3

17a 豐田四郎 Toyoda Shiro 十一部

年份	片名	電影旬報十大排名
一九三七	《年輕人》	6
一九三八	《鶯》	6
	《泣虫小僧》	7

年份	片名	電影旬報十大排名
一九四〇	《小島之春》	1
	《奧村五百子》	7
一九四七	《四個愛情故事·第一話》（合導）	8

一九五三	《雁》	8
一九五五	《夫妻善哉》	2
一九五六	《貓與庄造和兩個女人》	4
一九六四	《甘汗》	8
一九七三	《恍惚的人》	5

17b 吉村公三郎 Yoshimura Kozaburo

十一部

年份	片名	電影旬報十大排名
一九三九	《暖流》	7
一九四〇	《西住戰車長傳》	2
一九四七	《安城家之舞會》	1
一九四八	《生平輝煌日》	5
一九四九	《森林的石松》	9
一九五一	《虛偽的盛裝》	3
一九五一	《源氏物語》	7
一九五五	《美女與怪龍》	10
一九五六	《夜之河》	2
一九六六	《心中的山脈》	8
一九七四	《襤褸之旗》	8

17c 篠田正浩 Shinoda Masahiro

九部

年份	片名	電影旬報十大排名
一九六七	《夕陽中的彩雲》	8
一九六九	《心中天網島》	1
一九七一	《沉默》	2
一九七七	《孤苦盲女阿玲》	3
一九八四	《瀨戶內少年棒球隊》	3
一九八六	《槍聖權三》	6
一九九〇	《少年時代》	2
一九九五	《寫樂》	5
一九九七	《瀨戶內月光小夜曲》	10

20 黑木和雄 Kuroki Kazuo

八部

年份	片名	電影旬報十大排名
一九七四	《龍馬暗殺》	5
一九七五	《節日的準備》	2
一九八八	《明日》	2
一九九〇	《浪人街》	8
二〇〇〇	《扒手》	7
二〇〇三	《霧島美麗的夏天》	1
二〇〇四	《和父親一起生活》	4
二〇〇六	《紙屋悅子的青春》	4

21 增村保造 Masumura Yasuzo 四部

年份	片名	電影旬報十大排名
一九五八	《巨人與玩具》	10
一九六七	《華岡青洲之妻》	5
一九七六	《大地搖籃曲》	3
一九七八	《曾根崎心中》	2

22 勅使河原宏 Teshigahara Hiroshi 六部

年份	片名	電影旬報十大排名
一九六二	《陷阱》	7
一九六四	《砂丘之女》	1
一九六六	《他人之顏》	5
一九六八	《燃燒的地圖》	8
一九七二	《夏天的士兵》	9
一九八九	《利休》	7

23

北野武 Kitano Takeshi

八部

年份	片名	電影旬報十大排名
一九八九	《小心惡警》	8
一九九〇	《棒下不留情》	7
一九九一	《那年夏天，寧靜的海》	6
一九九三	《奏鳴曲》	4

年份	片名	電影旬報十大排名
一九九六	《壞孩子的天空》	2
一九九八	《花火》	1
一九九九	《菊次郎的夏天》	7
二〇〇三	《盲俠座頭市》	7

延伸閱讀

Anderson, Joseph L. and Donald Richie. *The Japanese Film : Art and Industry*. Expanded ed. Princeton: Princeton UP, 1982.

Bock, Audie. *Japanese Film Directors*. Tokyo: Kodansha International, 1978.

Buehrer, Beverley Bare. *Japanese Films: A Filmography and Commentary, 1921-1989*. Jefferson, NC: McFarland, 1990.

Richie, Donald. *A Hundred Years of Japanese Film*. Rev. and updated ed. Tokyo: Kodansha International, 2005.

四方田犬彥著，王眾一譯，《日本電影一百年》，北京：三聯書店，二〇〇六。

佐藤忠男著，廖祥雄譯，《日本電影的巨匠們》，台北：志文出版社，一九八五。

岩崎昶著，鍾理譯，《日本電影史》，北京：中國電影出版社，一九八一。

舒明著，《平成年代的日本電影一九八九—二〇〇六》，香港：三聯書店，二〇〇七。

文學叢書 238

日本電影十大

作者　鄭樹森・舒明
總編輯　初安民
責任編輯　施淑清
封面設計　永真急制Workshop
美術編輯　陳文德・王思驊・黃昶憲
校對　施淑清・鄭樹森・舒明

發行人　張書銘
出版　INK 印刻文學生活雜誌出版有限公司
地址──台北縣中和市中正路800號13樓之3　電話──02-22281626
傳真──02-22281598　E-mail──ink.book@msa.hinet.net
網址　舒讀網 http：//www.sudu.cc
法律顧問　漢廷法律事務所　劉大正 律師
總經銷　成陽出版股份有限公司
電話──03-2717085（代表號）　傳真──03-3556521
郵政劃撥　19000691　成陽出版股份有限公司
印刷　海王印刷事業股份有限公司
出版日期　2009年 11月　初版
定價　350元
ISBN　978-986-6631-55-9

國家圖書館出版品預行編目資料

日本電影十大／鄭樹森、舒明著；--初版--
臺北縣中和市：INK 印刻文學，2009.11
面；　公分（印刻文學；238）
ISBN 978-986-6631-55-9（平裝）
1. 電影片　2. 影評　3. 日本

987.931　　　97023850